中公文庫

うぽっぽ同心十手裁き

まいまいつむろ

坂岡　真

中央公論新社

目次

うぽっぽ同心十手裁き

まいまいつむろ

冥途《めいど》の鳥

一

音もなく降る春雨に梅が花弁を散らすころ、日本橋の十軒店《じっけんだな》に雛《ひな》の初市が立ったと聞き、長尾勘兵衛《ながおかんべえ》はさっそく足を向けた。

三筋格子の着物に黒羽織を纏《まと》い、閂《かんぬき》差しにした大小の柄《つか》に袖をちょんと載せている。涼しげな瞳に笑みを湛《たた》え、身幅の狭い裾《すそ》を割りながら軽快に歩むすがたは、いつもどおりの勘兵衛だ。

「おや、うぽっぽの旦那」

ご苦労さまにございます。ご機嫌麗しゅうございますと、知った顔の棒手振《ぼてふ》りや姉さんかぶりの嬶《かか》ぁたちが気軽に声を掛けてくる。

撫《な》で肩で小太りの臨時廻りは、貧乏人からずいぶん慕われていた。

雨雲の垂れこめた日和にもかかわらず、雛人形の並ぶ表通りは立錐《りっすい》の余地もないほどだ。勘兵衛は通行人の邪魔にならぬように、大小を落とし差しにした。

こうした配慮ができる同心は、存外に少ない。

通りの中ほどには仮小屋が二列背中合わせで設けられ、通りの両端に並ぶ店と合わせて都合四列の雛店がずらりと軒を連ねている。

客はふた筋の川面にたゆたう水泡《みなわ》のように流れていった。

掏摸《すり》にとっては恰好《かっこう》の獲物である。

朱房の十手を預かる身としては、時節柄、見廻りから外せないところだ。

もっとも、雛市にやってきたのは役目のためばかりでもない。

三月前《みつき》、江戸に初雪が降った霜月二十五日、待望の初孫が生まれた。母親から一字をとって『綾《あや》』と名付けられた赤子のために、可愛《かわい》らしい雛人形をひとつ買ってやりたかった。

「ござれござれ、こちらへござれ。雛人形のお顔を見くらべてござれ」

威勢のよい売り声に、年甲斐《としがい》もなく心が浮きたってくる。

ところが、鼻先の四つ辻から、雛市とまったく関わりのない大道芸人の呼び声が聞こえてきた。

「はてさて、ご覧《ろう》じろ。ここに取りいだしたる五寸釘《くぎ》にて、舌をば貫いてみせまする」

剣呑《けんのん》だ。

舌に穴を開けたり、白刃を八寸ほど呑《の》みこんだり、炎のかたまりを吹いてみたり、およそ人のできそうにないことをやってのけ、小銭を稼ぐ大道芸人である。

勘兵衛は四つ辻まですすみ、人垣を掻《か》きわけた。

前面へ飛びだすと、髭面《ひげづら》の四十男がぐさりと舌に釘を刺したところだ。

目を背けたくなるような見世物だが、人垣の前列には女と子どもが大勢いる。

恐《こわ》いものみたさで集まってくる者たちのなかには、艶《あで》やかな振り袖を纏った町娘もおり、そうした娘たちはきまって頭に高価な飾り簪《かんざし》を挿《さ》していた。

剣呑男は胸を反《そ》らせて上を向き、刀を鞘《さや》ごと口に立て、鐺《こじり》のほうからするするとのどに入れはじめた。

「おえっ」

吐き気を催す者もいれば、やんやの拍手を送る者もいる。

雛店の手代たちは迷惑がっていたが、強面《こわもて》の剣呑を追いたてる勇気はない。

見物人たちの目は、釘付けになっている。

勘兵衛は、危うい空気を察していた。

案の定、人垣の端に立つ町娘の背後に、黒い影がすうっと近づいた。

影は横に滑り、着飾った娘たちの背後を舐《な》めるように移動し、音もなく人垣から離れるや、雛市の喧噪《けんそう》に紛れていく。

「ちっ、やりやがったな」

娘たちはみな、簪を抜かれていた。剣呑に目を貼りつけているので、盗まれた本人も周囲も気づいていない。

勘兵衛は人混みに揉《も》まれながら、黒い影を追った。

若い男のようだ。

「二十二、三か」

顔をみずとも、歳を言いあてられる。

何も特別なことではない。三十六年も廻り方を勤めていれば、自然と身につく嗅覚だった。

「覚悟しておけ。おめえの生まれるずうっとめえから、おれはこのあたりをほっつき歩いているんだぜ」

勘兵衛は眸子《まなこ》を細め、若い男の背中に語りかける。

これまでに歩いた長さを測れば、東海道を何往復もできるだろう。江戸町奉行所の管轄する朱引き内ならば隅から隅まで、鼠《ねずみ》の逃げこむ巣穴さえも知っている。

優しげな面相からは想像すべくもないが、勘兵衛の恐ろしさを知る悪党どもは「遊行《ゆぎょう》する金神《こんじん》」に喩《たと》えた。眉間《みけん》のまんなかにある白毫《びゃくごう》のような黒子《ほくろ》になぞらえて「歩き仏」と呼ぶ者もいる。

いちばんしっくりくるのは、慣れ親しんだ「うぽっぽ」という綽名《あだな》だ。

町々の自身番から自身番へ、橋詰めの広小路《ひろこうじ》から寺社境内の盛り場へ、貧乏長屋の露地裏から露地裏へ、来る日も来る日も、雨が降ろうと槍《やり》が降ろうと、ただひたすら歩きまわる。「うぽっぽ」とは、浮かれて遊びあるく暢気者《のんきもの》のことらしい。

楽しげに歩く勘兵衛の様子を眺めれば、そうした綽名で呼びたくなるのもわかる。

齢《よわい》五十七、臨時廻りのなかで最古参になった今も、足腰は衰えていない。むしろ、年を経るごとに軽快さを増している。急坂を登るのも苦にならぬし、半町ほど走っても息切れひとつしない。

二年余りまえに一人娘の綾乃《あやの》を輿《こし》入れさせ、ようやく肩の荷も下りた。相手は定廻りの末吉鯉四郎《すえよしこいしろう》、融通の利かぬ独活《うど》の大木だが、勘兵衛好みの誠実な男だ。

もはや、おもいのこすことはない。

いつなりとでも隠居はできたが、十手を返上して良い老入れをする気など毛頭なかった。

十手を返上した途端、腑抜《ふぬ》けになってしまう。そんな気がするからだ。

理由はほかにもある。

二十数年ぶりに我が家へ帰ってきた妻、静《しず》のことだ。

ようやく邂逅《かいこう》を遂げた静には、いきいきと活躍するすがたをみせておきたい。

静もたぶん、それを望んでいるはずだ。十手を捨てた耄碌爺《もうろくじじい》のすがたなど、みたくもないにきまっている。

「老けこむにゃ、まだ早《はえ》えぜ」

若い男はどうやら、つぎに狙う獲物を定めたようだった。

行く手には、恰幅《かっぷく》のよい商家の旦那が小僧を連れて歩いている。

小僧は市の喧噪に呑まれかけ、従《つ》いていくのがやっとの様子だ。

勘兵衛は押しよせる人の波をかきわけ、慎重に近づいていった。

「急《せ》いては事をし損じる」

掏摸にも十手持ちにも当てはまる教訓を口ずさむ。

どれだけ経験を積んだ十手持ちでも、掏摸を捕らえるのは難しい。

言い逃れの口実を与えぬよう、証拠となる盗品も同時に押さえねばならないからだ。

若い男は獲物と一定の間合いを保ち、なかなか実行に移らない。

しばらくすると、商人の前方から、派手な装いの女がひとり近づいてきた。三つ輪髷《まげ》の髪に鼈甲《べっこう》の簪を挿し、裾の狭間《はざま》から鹿子《かのこ》柄の襦袢《じゅばん》をちらちらさせながらやってくる。

化粧はかなり厚い。細面で目鼻立ちはくっきりしており、男たちの目を惹《ひ》く美人にまちがいなかった。

掏摸の仲間だなと、勘兵衛は察した。

女は中店を素見《ひやか》しながら、止面から獲物に近づいてくる。

一方、若い男は小僧を追いこし、獲物の背後に忍びよった。

さきに仕掛けたのは女だ。

小走りになり、獲物と擦《す》れちがいざま、風に吹かれた木の葉のように身を寄せ、肩と肩をぶつけてみせる。

「あら、ごめんなさい」

同時に、若い男が獲物の背中に張りついた。

さっと、広めの袂《たもと》をひろげる。

商人の右手と背後が、一瞬、死角になった。

「ちっ」

勘兵衛は裾をからげた。

桃色の袂が揺れ、女の白い顔がみえた。

「やりやがったな」

駆けだそうとして、踏みとどまる。

獲物の左手にもうひとり、別の人影をみつけたのだ。

三人目か。

老いた男だ。

中高《なかだか》の横顔に見覚えがあった。

「ん」

なかば伝説と化した掏摸、初音《はつね》の仙蔵《せんぞう》にまちがいない。

仙蔵と若い男は獲物の背後で擦れちがい、たがいに別の方角へ歩みだした。

一方、三つ輪髷の若い女は、何食わぬ顔でこちらに向かってくる。そして、小銀杏髷《こいちょうまげ》の勘兵衛をみつけても、眉ひとつ動かさず、不敵な笑みを浮かべながら人混みに紛れていった。

三人は仲間だ。それは見抜いた。

三人のうちのひとりが狙った品を掏《す》り、別のひとりが掏った品を携えている。

あまりにも巧みすぎて、誰が掏って誰に手渡したのか、さすがの勘兵衛も見定められなかった。

「ふん、やられたぜ」

あっさり、兜《かぶと》を脱ぐしかない。

あきらめかけたが、ふと、おもいたち、勘兵衛はさきほどの辻へ戻った。


人垣は消え、剣呑男は帰り支度を済ませたところだった。

足早に去っていく背中を、気づかれぬように追いかける。

剣呑男はひとつ向こうの辻へ達し、右手に消えていった。

勘兵衛は前のめりに駆けつけ、辻陰に踏みこむ。

「うっ」

剣呑男が振りむいた。

別の男から、銭を貰《もら》っている。

「てめえら、何してやがる」

腹の底から発するや、剣呑男は一目散に逃げだした。

逃げた男は放っておき、銭を渡したほうに向きなおる。

さきほどの老いた掏摸、初音の仙蔵だ。まちがいない。

「とっつぁん、久しぶりじゃねえか」

皮肉めいた調子ではなしかけると、仙蔵は霜混じりの鬢《びん》を掻いた。

「へへ、さすがは、うぽっぽの旦那だ。剣呑も一枚嚙《か》ませていたってのを、あっさり見抜きなすった」

「みくびるんじゃねえ。初音の仙蔵もやきがまわったな。ちんけな大道芸で町娘たちの気を惹き、飾り簪を抜かせてまわるたあよ」

「相手は選んでおりやすぜ」

「ああ、そうだったな。仙蔵ってやつは、貧乏人を相手にしねえ。狙う獲物は、小金を掏られても腹の痛まねえ金持ちばかりだ。しかも、相手に微塵《みじん》も気づかせねえ神業で事をやりおおせる。いちども失敗《しくじ》ったためしはねえし、縄を打たれたこともねえ。誰の差配も受けねえ一匹狼《おおかみ》で、誇り高《たけ》え性分ときている。聞くところによりゃ、初音の仙蔵は掏摸の鑑《かがみ》だってじゃねえか」

「とんでもありやせん。あっしなんざ、屑《くず》みてえな男でやす」

「んなことは、わかっている。でもよ、近頃は手管の拙《つた》ねえ連中が多すぎやしねえか。刃物で袖ごと切ったり、辻で追いはぎのまねごとをしたり、なかにゃ年寄りだけ狙う洒落《しゃれ》にならねえ連中もいる。とっつぁんよ、おめえら上に立つ者の目配りが、ちょいと足りねえんじゃねえのか、え」

「面目ありやせん。旦那の仰《おっしゃ》るとおりでさあ」

身を縮める仙蔵は、心底から恐縮してみせる。

「ところで、さっきの若えふたりは何者だい」

「倅《せがれ》と娘でやす」

倅は仙吉《せんきち》、娘はおひろというらしい。

「旦那、倅は男だからどうでもいい。娘だけは見逃してやってくだせえ。あっしの嬶ぁは、おひろを産んで死にやした。だから、おひろは死んだ嬶ぁの生まれ変わりなんでさあ」

「それほどでえじな娘なら、掏摸の手管を仕込むんじゃねえ」

「堪忍してくだせえ。伝える芸がほかにありやせん」

「ふん、中指と薬指を上手に使うのが、子に伝える芸だってのか」

「旦那、あっしは生まれながらの掏摸なんです」

そう言って、仙蔵は右手を開いてみせる。

「このとおり、薬指が人よりも長《なげ》えんですよ」

なるほど、言われてみれば、薬指と中指の長さが同じだ。

そのおかげで、自在に何でも掏ることができるという。

一方、倅の仙吉は薬指と中指が同じ長さではない。

「おひろはちがいやす。あっしに似ちまったんで」

ほんとうなら、愛娘《まなむすめ》にだけは、まっとうな道を歩んでほしかった。

だが、長さの同じ薬指と中指を見定め、娘の運命を悟ったらしい。

勘兵衛は、無性に腹が立った。

「指の長さで運命は決まったとでも言いてえのか。とっつぁんよ、おめえの子だろうが何だろうが、おれは容赦しねえ。そのうち、三人ともふん捕めえてやるから、覚悟しときな」

「そらもう、この家業に手を染めたときから、覚悟はできておりやす。仏の顔も三度ってのは、あっしらのためにあるような格言でして、へい」

「おめえの言うとおり、三度目までは見逃してやる。ただし、そのあとはねえ。四度目にみつけたときは年貢の納めどきだ。親子仲良く、三尺高え木の上に吊《つ》るしてやるぜ。それが厭《いや》なら、足を洗うんだな。おめえほどの男なら、まっとうな生き方もできねえはずはなかろうが」

「そいつができりゃいいんですがね」

仙蔵は眸子を潤ませ、淋《さび》しげにつぶやいてみせる。

「まあ、いいさ。それからな、倅に抜かせた簪は、娘たちに返《け》えしてやりな。金持ちの親から貰ったにちげえねえが、簪は金とはちがう。贈った者の心が入《へ》えっているんだ。おめえにだって、そのくれえはわかんだろう。人の心まで掏っちゃならねえぜ」

「恐れ入谷《いりや》の鬼子母神《きしもじん》でさあ」

仙蔵は涙ぐみながら、深々とお辞儀をする。

「何も泣くことはねえだろう」

「へい」

「あばよ、とっつぁん」

勘兵衛は微笑《ほほえ》み、あっさり背中を向けた。

のんびり歩きかけたところへ、声が掛かる。

「旦那、お待ちを」

「ん、どうした」

首を捻《ひね》ると、老いた掏摸はかしこまった。

「い、いいえ、何でもありやせん。見廻り、ごくろうさまでごぜえやす」

「ふん、おかしな野郎だぜ」

仙蔵は何か言いたげだったが、勘兵衛は質《ただ》そうとしなかった。

困った連中を助けるのは吝《やぶさ》かでないが、掏摸の相談に乗ってやるほど、お人好《よ》しでもない。

とはいうものの、捨ておけず、少し歩いて振りかえる。

すでに仙蔵はおらず、暗がりに迷いこんだ野良猫が赤い眸子を光らせていた。

二

翌日、正午過ぎ。

勘兵衛の住む同心屋敷は八丁堀のほぼ中央、流れの淀んだ堀川に架かる地蔵橋《じぞうばし》のそばにあった。百坪足らずの平屋は満天星《どうだん》の垣根に囲まれ、冠木門《かぶきもん》をくぐったさきの左手には誰でも出入りできる簀戸《すど》が開いている。

表店は勘兵衛が物心ついたときから、白い鯰髭《なまずひげ》を生やした金瘡医《きんそうい》井上仁徳《いのうえにんとく》の看立所《みたてどころ》に使われていた。

仁徳は口のわるい皮肉屋だが、腕のほうはたしかだ。町奉行所から検屍医も任されている。ありがたいことに、今日は朝から留守なので、血だらけの患者が担ぎこまれてくることもない。

庭の辛夷《こぶし》は白い蕾《つぼみ》を膨《ふく》らませ、沈丁花《じんちょうげ》は高貴な香りを放っていた。辛夷が咲けば郊外で田打ちがはじまり、ほどもなく桜の季節がやってくる。

縁側で煎茶を呑んでいると、十軒店の雛人形屋が手代に大きな桐箱を担がせてあらわれた。

「まあ」

驚いたのは、嫁ぎ先から遊びにきた娘の綾乃だ。

火鉢で暖めた部屋には小さな蒲団《ふとん》が敷かれ、乳を飲ませてもらったばかりの赤子がすやすや眠っている。

赤子の祖母でもある静は添い寝をしながら、囁《ささや》くように子守歌を聴かせていた。

雛人形屋の主人は、手代にあれこれと指示を出す。

手際よく荷ほどきがおこなわれ、雛人形があらわれた。

「まあ、品の良いお顔だこと」

静が感嘆の声をあげた。

忙しい合間を縫って来てくれた主人にたいし、綾乃は何度も礼を述べている。

「何のこれしき。雛祭りの前日にでもお呼びいただければ、雛壇をしつらえにまいりましょう」

主人は笑って胸を張り、勘兵衛とのやりとりを披露する。

「可愛いお孫さまのためならば、ここはひとつ、最上級のお品を割安にてご提供いたしましょうと、不躾《ぶしつけ》ながら申しあげたところ、長尾さまは微笑仏《みしょうぶつ》のようなお顔で仰いました。『気持ちはありがてえが、値引いた雛を買ったところで御利益はねえ。人には身の丈ってもんがある。三十俵二人扶持《ぶち》で買える品を選んでほしい』と、そう仰ったのでございます。さすが、噂《うわさ》どおりの旦那だと、手前はえらく感心いたしました。うぽっぽの旦那は、けっして袖の下を取ろうとなさらない。欲得ずくで動かれず、困っている者をみつけたら、誰であろうと親身になって助けてくれる。真夏に雪が降るようなはなしだが、恐い鬼の棲《す》む八丁堀にも清らな水は流れている。長尾勘兵衛さまは、そうした噂どおりの方だった。数ある雛人形屋のなかで手前どもを選んでいただき、これほど縁起のよいことはございません」

勘兵衛は鬢を掻き、照れたように笑う。

「おいおい、ちと喋《しゃべ》りすぎだぞ」

「これはどうも、あいすいません。それにしても、まあ、可愛らしい赤ちゃんでございますねえ。お名は、綾さまでしたな。ええ、ちゃんと名札もお作りしましたよ。それではみなさま、手前はこれにて。とんだお邪魔をいたしました」

雛人形屋の主人は去り、縁側に静寂が戻った。

すうすうと、赤子の寝息が聞こえてくる。

「父上、ありがとうございました」

綾乃は三つ指をつき、頭《こうべ》を垂れた。

勘兵衛は面倒臭そうに手を振り、寝ている赤子のそばへ躙《にじ》りよる。

「ほれ、爺《じい》が来たぞ」

餅のようなほっぺたを指で突《つ》っつき、みっともないほど目尻を下げた。

「豆腐みてえだな。突っついただけで、くずれちまいそうだ」

「豆腐だなんて。ほかに喩えようもございましょうに」

静はめずらしく感情をあらわにし、心底から呆《あき》れてみせた。

さきほどから、赤子のそばを離れようともせず、穴の開くほどみつめている。

「まるで、小さな仏さまですねえ」

そのとおりだと、勘兵衛もおもう。

小さな命の行く末が、案じられてならない。

口には出さずとも、玉のような子を産んでくれた綾乃には、感謝の気持ちでいっぱいだった。

赤子がこの世に誕生したときから、静とのわだかまりも減じられたようにおもう。

二十数年前のはなしになるが、勘兵衛は色白で淑《しと》やかな水茶屋の看板娘にひと目惚れした。恋を実らせて所帯をもち、翌年には綾乃が生まれ、何もかもが順調に進んでいるとおもっていたやさき、静は忽然《こつぜん》とすがたを消した。

神隠しではない。

——すみません。綾乃をお願いします。

書き置きを一枚残し、新妻はどこかへ消えてしまったのだ。

失踪の理由はわからなかった。いつかきっと戻ってくるものと信じ、待ちつづけ、気づいてみれば、二十年余りの歳月が流れていた。

綾乃は母の顔を知らずに成人し、仁徳のもとで医術を研鑽《けんさん》しながら妻の替わりをつとめてくれた。嫁がずに家に残ると言いはる綾乃を説きふせ、末吉鯉四郎といっしょにさせたのだ。

娘を嫁がせた日から、勘兵衛は縁側に座り、過ぎ去りし日々を回想することが多くなった。

淋《さび》しい。

途轍《とてつ》もなく、淋しい。

溜息《ためいき》ばかり吐《つ》き、何をやっても身が入らず、隠居も考えた。

そうしたある日、静が飄然《ひょうぜん》と戻ってきた。

開けはなたれた簀戸をくぐり、二十数年ぶりに我が家へ帰ってきてくれた。

夢ではないかとおもった。目のまえには、見初《みそ》めたときと何ら変わらぬ色白の美しい看板娘が立っていた。

少なくとも、勘兵衛の目にはそう映ったが、静は心を病んでいた。

むかしの記憶をことごとく失い、どうやって八丁堀まで戻ってこられたのかもはっきりとこたえられなかった。

今でも頬をつねりたくなる。

仁徳は失踪の理由を糺《ただ》せとせっついたが、急ぐ必要はひとつもなかった。

かえって、思い出さぬほうがよいかもしれない。

勘兵衛には、拭《ぬぐ》いさることのできない不安があった。

記憶を取りもどした途端、静がまた遠くへ行ってしまうように感じられたのだ。

二年余りの歳月を、ともにつつがなく暮らしてこられただけで満足だった。

静はゆっくりとすすむ記憶の衰えに戸惑い、ひそかに嘆いてもいたが、初孫を授かってからは変化の兆しがあらわれた。

日を追うごとに、元気を取りもどしていく。それが手に取るようにわかるのだ。

それでいい。ゆっくりと快復してくれれば、それに越したことはない。

勘兵衛は、小さな命に感謝せずにはいられなかった。

心の裡《うち》で、いつも両手を合わせている。

ぼんやり赤子の顔を眺めていると、おもわぬ人物がひょっこり訪ねてきた。

「うぽっぽの旦那、あっしです」

初音の仙蔵である。

「おめえか、いってえどうした」

「先日、旦那に言われたことがこたえやした。いつまでもこんなことをつづけていたら、ろくな死に方はしねえ。これからは性根を入れかえて、まっとうに生きてみようかとおもいやして」

「ほんとうか。そいつは何よりだ」

「仙吉とおひろにゃ言ってきかせやした。人の道から外れたことは、金輪際、やめようじゃねえかと」

「そうかい」

「おひろは喜んでくれやしたが、仙吉のやつはどうも。生返事をしただけでわかっちゃいねえようで。旦那、どうかお願いしやす。ご面倒だとはおもいやすが、どこかであいつを見掛けたら、叱ってやってくだせえ」

「ああ、わかった。親爺からは言いにくいこともあろうからな。見掛けたら、ようく言っておくさ。それにしても、おめえが足を洗うとはな。妙なはなしだが、惜しい気もするぜ」

「え」

「なにせこのお江戸に、おめえほどの技を持つ掏摸はいねえ」

勘兵衛が真顔で言うと、仙蔵は顔をくしゃくしゃにして笑った。

「へへ、旦那にそう言っていただけりゃ本望だ。あっしも、これまで生きてきた甲斐があったってもんでさあ」

「ま、若えふたりのためだ。よくぞ踏んぎりをつけたな」

「へい」

仙蔵は俯《うつむ》き、乾いた唇《くち》もとを舐めた。

「おひろのことが、どうにも心配《しんぺ》えでならねえんでさあ。仙吉は男だ。どうにでもなりやす。でも、おひろにだけは幸せになってほしい。あいつは、死んだ女房の生まれ変わりなんです。女房はあっしに言いやした。腹のなかの赤ん坊だけは、まっとうな道を歩ませてほしいって。あっしは約束した。泣いて頼む女房の手を取り、生まれてくる赤ん坊にゃまっとうな道を歩ませてみせる。そう約束したはずなのに、守れなかった。楽して稼ぐ道を選んじまったんだ」

項垂《うなだ》れる仙蔵を、勘兵衛は励ました。

「とっつぁん、今からでも間に合うぜ」

老いた男の顔が、ぱっと明るくなる。

「旦那、そうですよね」

「ああ。人ってなあな、その気になりゃ何だってできるんだ」

「ありがとうごぜえやす。そいつを聞いて安心しやした。これで何ひとつ、おもいのこすことはねえ」

「おいおい、今生《こんじょう》の別れみてえな言いまわしじゃねえか」

「へへ、ほんとうだ」

淋しげに笑った仙蔵の顔が忘れられない。

どうしてわざわざ、八丁堀まで訪ねてきたのか。

その理由を、勘兵衛は知るよしもなかった。

三

翌夕、胸騒ぎがして早めに家へ帰ると、仁徳が疲れた顔でやってきた。

「うぽっぽ、酒をくれ。冷やでいい」

毎度ながらの図太さに腹も立ったが、黙って冷や酒を出してやる。

仁徳は縁側に座って白い鯰髭を動かし、酒をひと息に呑みほした。

「ぷはあ、やってらんねえ。つい今し方まで、どこにおったとおもう」

「さあ」

「谷中《やなか》は感応寺《かんのうじ》の本堂裏、辛気臭《くせ》え墓場のなかさ」

南町奉行所の吟味方に依頼され、突き富で知られる感応寺まで検屍におもむいていたらしい。

「殺しだよ。惨《みじ》めなほとけだったぜ。のどを串刺しにされてなあ、からだじゅうの血が搾《しぼ》りだされて、池みてえになっていやがった」

しかも、右手の指を二本根元から断たれていた。

「ありゃ、よほどの恨みがあった者の仕業にちげえねえ」

切断されたのは中指と薬指だと聞き、勘兵衛はほとけが掏摸ではないかと直感した。

「察しがいいな。そのとおりよ。初音の何たらとかいったなあ」

「え」

「裏じゃ、ちったあ名の知られた掏摸だったらしいぜ」

勘兵衛はことばを失い、仁徳の皺《しわ》顔を睨《にら》みつけた。

「何だよ、うぽっぽ。知った野郎か」

「初音のとっつぁんだ」

吐きすてるや、身支度に取りかかる。

奥の部屋から、静が声を掛けてきた。

「どちらへ行かれるのですか」

勘兵衛は返事もせずに廊下へ飛びだし、十手を背帯に差すや、雪駄を突っかけた。

鶯《うぐいす》の初音で知られる根岸は上野台地の北東、音無川《おとなしがわ》の清流がゆるやかに蛇行する崖下にある。

雅趣に富んだ風景ゆえか、文人墨客が好んで別荘を建てるところでもあった。閑静な別荘地の狭間を埋めるように、居職《いじょく》たちの住む棟割長屋も散見され、袋物師の顔も持つ仙蔵の住まいは、そうした長屋の片隅にあった。

九尺二間《くしゃくにけん》の狭苦しい部屋を訪ねてみると、腰高障子に「忌中」の貼り紙が貼られ、戸の隙間から線香の匂いが漏れている。

勘兵衛はためらいつつも、戸に手を掛けた。

「ごめんよ、邪魔するぜ」

家財道具の散乱する板間には、顔に白い布をかぶせられた故人が寝かされ、枕元のそばで女がひとり俯いている。

泣き疲れた若い女の顔をみつめ、勘兵衛は悲しげに笑った。

「よう、また逢ったな」

化粧を落として別人にみえるが、十軒店で擦れちがった仙蔵の娘にまちがいない。

名はおひろ、歳は十八、九であろう。

横顔にはまだ、あどけなさが残っている。

「とんだことだったな。おれの顔を覚えているかい」

「うぽっぽの旦那でしょう」

「とっつぁんに聞いたのか」

おひろは、こっくり頷《うなず》く。

「晦日《みそか》の月みたいな旦那だって、聞かされました」

「晦日の月」

「袖の下を受けとらない十手持ちのことです。そんなのは、晦日の月みたいにあり得ないはなしだって。おとっつぁん、何だか楽しげに旦那のことをはなしてくれました」

勘兵衛は、いっそう悲しげに微笑む。

「ほとけの顔を拝ませてくれや」

「どうぞ」

板間にあがって座り、褥《しとね》のそばに躙りよる。

白い布を取りさると、土気色の顔があらわれた。

おひろは目を背ける。

勘兵衛はほとけをみつめ、静かに語りかけた。

「とっつぁんよ、どうして逝《い》っちまったんだ。おめえは昨日、わざわざ八丁堀まで訪ねてきてくれたな。今日から親子三人、まっとうに生きていくんじゃなかったのか。おめえ、何か言いたそうだったたな。こうなることを予感していたんだろう。虫の知らせってやつさ。

そいつを察してやれねえおれが莫迦《ばか》だったぜ。ちくしょうめ、勝手に逝きやがって」

「う……うう」

おひろは、嗚咽《おえつ》を漏らしはじめた。

勘兵衛は、白い布でほとけの顔を覆う。

線香を手向け、おひろに向きなおった。

「泣かしちまって、わるかったな」

「い、いいえ。ありがとうございます。おとっつぁんも、きっと喜んでいるとおもいます」

勘兵衛は、ぐすっと洟《はな》を啜《すす》る。

「ずいぶん淋しいじゃねえか。弔問に訪れる者はいねえのかい」

「長屋のみなさまは、お顔をみせてくださいました。通夜までひとりにしてほしいと、わたしのほうから大家さんにお願いしたのです」

「兄《あに》さんはどうした」

「出ていきました」

「何で」

おひろは俯き、口をへの字にまげる。

粘り強く待ちつづけると、顔をあげずに吐きすてた。

「兄さん、仇《かたき》を討つ気なんです」

「何だって。殺《や》った相手が誰かわかってんのか」

「わかりません。でも、仇を討つまでは帰らないと言いました」

「そうかい」

勘兵衛は、父親によく似た倅の背中を思い浮かべた。

名は仙吉、歳は二十三だという。掏摸の技量は親譲りでなかなかのものだが、喧嘩《けんか》っ早い性分らしかった。

「おとっつぁんが殺《あや》められたのは、あれのせいなんです」

「あれって」

「十軒店での仕事、旦那もご覧になったでしょう。あのときの相手から、妙なものを掏っちまったんです」

「妙なもの」

「沽券状《こけんじょう》です」

掏ったのは茶革の紙入れで、小判が三枚と土地の所有を証明する沽券状が一枚入っていた。

「あとで調べてわかったんですが、紙入れの持ち主は菱餅屋《ひしもちや》藤兵衛《とうべえ》という味噌問屋の主人でした」

掏ったのは、父親の仙蔵であった。

息子の仙吉は囮《おとり》で、仙蔵の掏った紙入れは、おひろの袖に落とされた。

運び役のおひろがあとで紙入れを開き、沽券状をみつけたのだ。

そのことを父親の仙蔵に告げようとしたところ、兄の仙吉がさきに気づき、沽券状だけを抜きとった。

「おとっつぁんには黙ってろって、恐い顔で言われました。でも、黙ってなんぞいられません」

半日悩んだすえ、おひろは父親に打ちあけた。

仙蔵は怒り、仙吉を呼んで撲《なぐ》りつけ、沽券状を取りあげたという。

金以外のものを掏ったことは仕方ない。その場で何を掏ったか正直に告げなかったことが、父親の勘気に触れたのだ。

相手に知られぬうちならば、容易に戻すこともできた。

ただし、掏られたことを知られてからでは、戻すのが何倍も難しくなる。

それが、仙蔵の言い分だった。

「とっつぁんは、沽券状を返《け》えすつもりだったのか」

「はい。菱餅屋の主人を張りこみ、気づかれぬよう袖に落とす気でした」

今朝方のはなしだという。

菱餅屋は、旦那寺の感応寺へ参詣に向かった。

そこを狙って沽券状を返しにいったところで、仙蔵は何者かに殺められた。

遺体となって戻された父親の懐《ふところ》中や袖口を調べてみたが、沽券状らしきものはみつからなかった。

かといって、検屍役人に取りあげられた形跡もない。沽券状がみつかれば、遺族は必ず出所を糺されたはずだ。それはなかった。

「掠《かす》めとられたんです」

刺客《しかく》の狙いは沽券状だった。沽券状を携えていたせいで仙蔵は殺されたのだと、おひろは吐きすてる。

勘兵衛は腕組みをし、低く唸《うな》った。

「ふうむ、味噌問屋が肌身離さずに携えていた沽券状か。紙に記されてあった土地主ってな、菱餅屋なのかい」

「いいえ。神田の御旗本でした」

「え、旗本って」

五百石取りの西ノ丸御旗奉行《おはたぶぎょう》、大河内左近将監《おおこうちさこんのしょうげん》であった。

沽券状に記された屋敷は、神田紺屋町《こんやちょう》代地隣にあるという。

のちに詳しく調べて判明したことだが、大河内家は先祖に奥女中を出しており、本所一ツ目に拝領町屋敷を五百坪余り所有していた。そちらは町人に貸して地代を稼ぎ、自分たちが住むために神田の町人地約二百坪を購入した。ゆえに、直参旗本であるにもかかわらず、町人地の沽券状を所有しているのだ。本来住むべき土地を他人に貸し、自分たちは城に近い狭い土地へ移り住む。これも貧乏旗本が生きのびるための手法にほかならない。

「妙だな」

勘兵衛は首を捻る。

みずからだいじに保管しておくべき沽券状を、どうして味噌問屋が携えていたのだろうか。

「おとっつぁんも、同じことを言っていました」

いくら考えても埒《らち》があかず、どっちにしろ携えていると危ういので、返すことにしたのだ。

「下手人はおとっつぁんを殺め、沽券状を掠めとった。兄さんはそれと察し、家を飛びだしたんです」

勘兵衛は、ふうっと溜息を吐く。

「おめえら父子のほかに、沽券状のことを知っていた者は」

「存じません。でも、兄さんはたぶん、誰かに喋ったんだとおもいます」

「だろうな」

おひろが言うか言うまいか悩んでいた半日のあいだに、仙吉は誰かに沽券状のことを喋った。

「心当たりは、あんのかい」

「呑み仲間で、良治《りょうじ》っていう人がいます」

袖切の異名をとる小者の掏摸だ。

気が小さく、人殺しなどできそうにない男らしい。

だが、良治の口から別の者に伝わり、刺客が差しむけられたとも考えられる。

「呑み仲間なら、行きつけの見世があるはずだな」

「感応寺の門前に、お富《とみ》っていう居酒屋があります」

「よし、行ってみよう」

勘兵衛は、やおら腰をあげた。

「おひろ、通夜までには戻ってくる。それまで、ひとりで平気か」

「ご心配にはおよびません」

おひろは気丈に発し、口をきゅっと結ぶ。

さすがは仙蔵の娘、凜々《りり》しい面構えだ。

これなら、妙なまねはすまい。

「ふむ、ではな」

背を向けた途端、呼びとめられた。

「うぽっぽの旦那。兄さんのこと、どうか、どうか、よろしくお願いします」

「心配えすんな」

しっかり頷き、ほとけに目をやった。

「とっつぁんよ。これも因縁だぜ」

仇はきっと、おれがとってやる。

勘兵衛は胸の裡で誓い、後ろ髪を引かれるおもいで部屋を離れた。

四

感応寺門前、露地裏の一角に『お富』という居酒屋がある。

富籤《とみくじ》にも人生にも外れた連中が集う安酒場だ。

見世の親爺に問うと、仙吉と呑み仲間の良治は三日にあげず顔を出していたらしかった。

「仙吉は役者なみの二枚目、それにくらべて良治は鼬《いたち》顔の小男でしてね、左頰に波銭大の痣《あざ》がありました」

ここ数日はふたりの顔をみていないと聞き、勘兵衛は仕方なく下谷《したや》広小路へ足を向けた。

掏摸が出没しそうな雑踏に行き、ふたりのすがたを捜したのだ。

どれだけ目を凝らしたところで、容易にみつかるはずもなかった。

勘兵衛は下谷広小路をあきらめて、その足で神田川を越え、雛市で賑《にぎ》わう十軒店までやってきた。

上巳《じょうし》の節句をまえにして、雛市は佳境にはいりつつある。

掏摸たちもここが稼ぎ時と踏み、足を運ぶであろう。

縋《すが》るようなおもいで、ふたりのすがたを捜したが、やはり、みつけることはできなかった。

暮れ六つまでうろついてあきらめ、根岸の裏店に取ってかえし、おひろと仙蔵の死を悼《いた》んだ。

妹は兄の安否を気遣ったが、仙吉は明け方まで待ってもあらわれなかった。

翌日も翌々日も、勘兵衛は人の大勢集まる寺社境内や橋詰めの広小路に足を運び、仙吉と良治を捜した。

そして、暦のかわった弥生朔日《やよいついたち》、古池の畔《ほとり》にたちこめた霧が晴れかけたころ、勘兵衛はついに、良治らしき掏摸をみつけた。

ところは浅草寺《せんそうじ》、大道芸人や見世物で賑わう奥山だ。

夕陽《ゆうひ》は大きくかたむいていたが、勘兵衛の目は男の左頰に浮かんだ痣を見逃さなかった。

綽名どおり、袖切の異名をとる良治の手管は荒っぽい。

やられた相手はすぐに勘づき、叫び声をあげた。

「掏摸だ、掏摸だ」

周囲の人々は一斉に振りむき、怪しい者を捜しはじめる。

が、良治はそこにいない。

大胆な手口を使うだけあって、逃げ足もはやかった。

袖を切られた男が必死に叫ぶのを尻目に、人混みから抜けだして参道を悠然と去っていく。

「あの野郎」

勘兵衛は慌てず、慎重に背中を追った。

とりあえずは、ねぐらを突きとめておこう。

仙蔵殺しについても、仙吉の失踪についても、良治はきっと何かを知っている。

ほかに手懸かりもないので、そう信じて動くしかなかった。

「一縷《いちる》の望みってやつだな」

良治は菊屋橋下の桟橋で小船に乗り、新堀をまっすぐ南下していった。

夕陽を呑みこんだ川面に、小船は金色の水脈《みお》を曳《ひ》いていく。

のんびりとした船足なので、土手から追うことにした。

途中から流れに乗った小船は、次第に足を速めていく。

勘兵衛は小走りに追いかけ、仕舞いには全速力で走らざるを得なかった。

蔵前へ達したころには、全身汗みずくになりながら、鞴《ふいご》のように息を吐いていた。

「くう……あの野郎、とんだ手間を掛けさせやがって」

良治は小船を降り、両国に向かって歩きはじめた。

大道芸人や見物客で賑わう広小路を突っきり、脇目も振らずに米沢町三丁目の露地裏へ踏みこむ。

左手の土手下には大川が流れ、大口を開けた堰《せき》口から水が流れこんでいる。

「薬研堀《やげんぼり》か」

堀留の端に、黒板塀の妾宅《しょうたく》があった。

良治は表口に立って左右を見まわし、怪しい者がいないのを確かめると、塀の内に消えていく。

「さて、どうしたものか」

良治が出てくるのを待つべきか、それとも、一気に踏みこむべきか。

迷っていると、別の男があらわれた。

固太りのからだつきをした五十がらみの男で、商家の旦那といった風情だが、薄暗いので表情までは見定められない。

妾《めかけ》の旦那であろうか。

ひとつ屋根のしたに女がひとりと男がふたり、ひょっとしたら修羅場になりかねないと身構えたが、杞憂《きゆう》にすぎなかった。

半刻《はんとき》もすると、軒行灯《あんどん》が灯った。

良治が何食わぬ顔であらわれ、つづいて、旦那らしき男も顔を出す。

行灯に照らされた男の顔は醜く、大きな口をだらしなく開いている。

「かさごの天麩羅《てんぷら》みてえな顔だな」

一方、見送りに出てきた女は蒼白《あおじろ》い顔の痩《や》せた年増で、池畔に植わった柳の木陰に佇《たたず》めば夜鷹《よたか》とまちがえてしまいそうだ。

「あの女」

魂を何処《どこ》かに置き忘れてきたかのような、何とも物憂げな表情が、勘兵衛の瞼《まぶた》に焼きつけられた。

女が引っこむのを待ち、良治ではなく、かさご男の背中を追った。

すでに夕陽は落ち、後ろの薬研堀は暗く沈んでいる。

月のない空を仰げば、どす黒い西の涯《は》てに、鴉《からす》が一羽飛んでいく。

男は橋詰めの広小路を避け、露地裏を縫うように進んでいった。

早足なので、間合いを保つのが難しい。

「ただの商人じゃねえな」

そう見切ってはいたが、少し舐めてかかったのかもしれない。

男はいっそう早足になり、四つ辻で倒れこむように右へ折れた。

「逃すか」

勘兵衛はたくしあげた裾を摑《つか》み、小走りに走った。

暗がりに蹲《うずくま》った野良猫が、さっと逃げる。

勘づかれたか。

「くそっ」

息遣いも荒く、四つ辻に達し、ひょいと右に折れる。

「うりゃ……っ」

やにわに、白刃が伸びてきた。

「のわっ」

刃風《はかぜ》が頰を掠める。

「うっ」

鋭い痛みが走った。

鬢を削られたのだ。

「死ね」

二太刀目が、こんどは頭上に振りおろされる。

「ぬおっ」

勘兵衛は、背帯の十手を引きぬいた。
——がしっ。
白刃を弾《はじ》いた刹那《せつな》、火花が散った。
痺《しび》れた右手を庇《かば》い、横飛びに飛ぶ。
股をひろげ、身構えた。
が、襲いかかってくる様子はない。
どうやら、深追いする気はなさそうだ。
「浪人か」
ひょろ長い男だ。
頭巾で顔を隠している。
無論、かさご男ではない。
刺客は後ずさり、闇の狭間に溶けていく。
気配が消えると、斬られた傷が疼《うず》きはじめた。
ほのかに芳《かぐわ》しい残り香を嗅いだような気もしたが、痛みのほうが勝った。
勘兵衛は両膝に手を当て、ふうっと溜息を吐く。
しばらく休んで十手を仕舞い、裾の埃《ほこり》を払った。

頰に流れる血の味が苦い。

「いってえ、どうなってやがる」

あきらかに、勘づかれていた。かさご男は刺客を使い、脅しをかけてきたのだ。

勘兵衛は、ぺっと唾《つば》を吐いた。

どうやら、得体の知れない連中と関わってしまったらしい。

「まずいぜ」

一抹の後悔が、老練な臨時廻りの心に暗い影を落とした。

五

「煮豆、煮豆、ごはんに煮豆」

若い煮豆売りが露地裏を流している。

翌日は朝からよく晴れた。

娘婿の末吉鯉四郎と岡っ引きの銀次《ぎんじ》をともない、勘兵衛は芝居町にある行きつけの福山蕎麦《そば》までやってきた。

とりあえず、三人揃《そろ》って盛り蕎麦を啜りはじめる。

啜るたびに、刺客に削られた鬢の傷がひりひり疼いた。

「銀次よ、妾の素姓はわかったかい」

「へい」

すっぽんの異名をもつ銀次は薄く笑い、嗄《しゃが》れた声で喋りだす。

「名はおもと、半年前までは辰巳《たつみ》芸者をしておりやした。二枚起請文のおもとっていやあ、深川でもちったあ知られた二股芸者でしたが、神田三河町の献残屋《けんざんや》に見初められて囲い者に」

「献残屋か」

大名や旗本から俵物など献上品の余りを安く買いとり、ほかの大名や旗本へ転売する便利屋である。

「河骨堂弥右衛門《こうほねどうやえもん》。旦那が妾宅で目にされた、かさご野郎にまちげえねえ」

「そうか」

「ちょいとひとっ走り、面を拝んできやしたがね、野郎の目付きは尋常じゃありやせんぜ。火皿のでけえ喧嘩煙管《キセル》をいつもこう、偉そうに吹かしておりやしてね。ありゃ、ただの献残屋じゃねえな」

銀次の勘は、たいてい当たる。

献残屋がただ者でないことはあきらかだ。

「ふうん、喧嘩煙管か」

「めずらしい代物でやしょう」

「襲ってきた侍のほうは、どうだった」

「河骨堂が用心棒を雇っている様子はありやせん。帳場格子にくたびれた女将《おかみ》がひとり座っているだけで。旦那を襲った刺客が何者なのか。そいつが河骨堂とどう関わっているのか、今のところは皆目」

刺客と聞いて、蕎麦をたぐっていた鯉四郎が箸《はし》を止めた。

小野派一刀流の遣い手でもある娘婿は、舅《しゅうと》を襲った相手にむかっ腹を立てている。

そうした気遣いは嬉《うれ》しかったが、勘兵衛は顔に出さない。

「良治の行方は」

「そっちもわかりやせん。仙吉も行方知れずのままですし、若《わけ》え掏摸がふたり消えちまったってことになりやすね」

銀次は勘兵衛以上に、初音の仙蔵をよく知っている。もちろん、通夜にも顔を出していた。

「正直、あれだけの技を持った巾着切《きんちゃっきり》は江戸にふたりとおりやせんぜ。妙な言いまわしかもしれねえが、惜しい男を亡くしやした。できることなら、仇をとってやりてえ。遺《のこ》された娘の顔を眺めていたら、なおさら、そのおもいが強くなりやしてね」

「やっぱり、おめえもそうか」

「殺った野郎が憎たらしい。とさかに血がのぼっておりやす」

「そうはみえねえがな」

修羅場をくぐってきた銀次は、感情を面に出さない術《すべ》を身につけている。

そのあたりが、すぐに顔に出る鯉四郎とはちがっていた。

「ここはひとつ、冷静に筋を描いてみなくちゃなりやせんぜ」

「ふむ」

三人は箸を置き、蕎麦湯を啜った。

酒を呑みたくなったが、我慢する。

銀次が難しい顔で吐いた。

「まず、わからねえのは、例の沽券状を何で味噌屋が携えていたかってはなしで」

「そこだ。銀次のことだから、味噌屋もざっくり調べたんだろう」

「ざっくりでやすがね」

菱餅屋は「汐留に味噌蔵を持つ御用達」などと、へぼ川柳にも詠《うた》われるほどの大店だった。

「主人の藤兵衛は近江出身の商人で、裏では西国大名や旗本相手に金貸しなんぞもやっていやがるとか」

「ただの味噌屋じゃねえってことか」

「へい。あっしがおもうに、菱餅屋が携えていた沽券状は、貸付金の担保だったんじゃねえかと」

「なあるほど」

旗本に大金を貸しつけるかわりに、沽券状を担保に取っていたのだ。

「ところが、肌身離さず携えていたのが仇《あだ》になった。でえじな沽券状は、初音の仙蔵に掏られちまったってなわけで」

もっとも、仙蔵がすぐにその場で気づき、返しておけば、事は大袈裟《おおげさ》にならずに済んだ。

「とっつぁんも死ぬことはなかったにちげえねえ。ところが、息子の仙吉が沽券状に金の匂いを嗅いじまった」

呑み仲間の良治を通じて、どこかの悪党が沽券状のことを知ってしまう。

儲《もう》け話を逃す手はない。

悪党は刺客を放って仙蔵を殺め、沽券状を奪いとった。

「悪党はおおかた、貸し手の味噌屋か借り手の御旗奉行に強請《ゆすり》をかける腹だったんでしょうよ。沽券状をネタにすれば、かなりの金が稼げると踏んだにちげえねえ」

「筋は通るな」

勘兵衛が渋い顔でつぶやくと、銀次は調子に乗ってつづけた。

「貸し手は海千山千の金貸し、借り手は気位の高え旗本。どっちもひと筋縄じゃいきそうにねえ。さあて、どっちに強請を掛けるか。順当に考えりゃ味噌屋のほうだとおもいやすがね、旦那はいかがです」

「さあて」

老練な岡っ引きの描いた筋に納得しながらも、勘兵衛はいまひとつしっくりこないものを感じていた。

「いずれにしろ、怪しいのは献残屋ですぜ」

銀次は語気を荒くする。

「黙ってりゃいいものを、仙吉は沽券状のことを良治に喋っちまった。そこから、よからぬ企《くわだ》てが動きはじめた。良治との繫《つな》がりを考えれば、献残屋はいっち怪しい野郎でさあ」

「そうだな。ひょっとしたら、掏摸を束ねる元締めのひとりかもしれねえ」

「おっと、そこまでは考えがおよばなかったな」

銀次は俄然《がぜん》、やる気をみせる。

「掏摸を束ねる元締めがいるってはなしは、あっしも聞いたことがありやす。そいつの正体は長えあいだ謎に包まれておりやした。旦那、元締めの素姓を摑んだとなりゃ、大手柄でやすよ」

「手柄なんざ、どうだっていいさ。おれはな、とっつぁんを殺めた野郎に引導を渡してやりてえんだ。相手がどんな大物だろうが、すっぽんみてえに食らいついてやるぜ」

「すっぽんですかい。へへ、こいつは一本取られたな」

すっぽんの銀次は、嬉しそうに鬢を掻いた。

勘兵衛は自分でも戸惑うほど、肩に力がはいっている。

ふたりに探索の指示を出し、蕎麦屋をあとにした。

八丁堀の屋敷に戻ってみると、差出人不明の贈り物が届いている。

紙包みを破ると、桐の小箱があらわれた。

「いったい、何でしょう」

静も膝を乗りだしてくる。

不吉な予感がした。

小箱を縁側に運び、蓋《ふた》を開けてみる。

「ひゃっ」

静が叫んだ。

小箱のなかには、根元から断たれた指が二本転がっていた。

意を決し、一本ずつ指を摘《つま》んで床に並べる。

骨張った男の指だ。

中指と薬指のようだが、長さはちがう。

となれば、仙蔵の指ではない。

「仙吉のほうか」

この一件から手を引けと、何者かが警告しているのだ。

仙吉は敵の掌中にあり、瀕死の状態なのかもしれない。

勘兵衛は、ぎりっと奥歯を嚙んだ。

「やりやがったな」

脅しに屈するどころか、同心魂に火を点《つ》けられたようだった。

六

献残屋が悪党かどうかは、会ってみればすぐにわかる。

勘兵衛は銀次をともない、神田橋御門外の三河町まで足を延ばした。

この界隈《かいわい》は御城にも駿河台《するがだい》の武家屋敷にも近く、献上品売買を生業《なりわい》とする献残屋がいくつか軒を並べている。

河骨堂は、見過ごしてしまいそうなほど狭い店だった。

敷居をまたげば、帳場格子の内で眉の無い大年増が居眠りをしている。

「おい、客だぜ」

銀次が声を荒らげると、大年増は弾かれたように起き、お歯黒の顔で不気味に笑った。

「はい、ただいま。どちらさまでしょう」

ふたりを十手持ちと見定めた途端、眉をひそめる。

銀次は、大袈裟に呆れてみせた。

「ずいぶんな応対じゃねえか。主人の弥右衛門はいるかい」

「何の御用です」

「四の五の抜かさずに呼んでこい。こちとら、暇な身じゃねえんだ」

「かしこまりました」

大年増は重そうな尻を振り、奥へ引っこんでいく。

しばらく経《た》って顔を出した主人は、薬研堀の妾宅で見掛けた人物にまちがいない。

やっぱり、かさごの天麩羅に似ていた。

歳は五十前後、月代《さかやき》の生え際に肝斑《しみ》がいくつも浮いている。

小銀杏髷の勘兵衛をみても眉ひとつ動かさず、唇《くち》もとに笑みすら浮かべていた。

肝の据わった男だ。

光沢のある着物の裾をぱんと叩《たた》いて正座し、軽くお辞儀をしてみせる。

「これはこれは親分さん、それに八丁堀の旦那まで。手前にいったい、何のご用でしょうか」

勘兵衛は薄い眉毛を八の字にさげ、にっこり笑った。

「用ってほどのことでもねえ。おめえさんの顔を拝みにきただけだ」

「手前の顔を。ほほ、それはまたどうして」

「どうしてかって。自分の胸に聞いてみな」

「え」

気まずい沈黙とともに、張りつめた空気が流れた。

大年増が気を遣い、盆に載せて煎茶を運んでくる。

勘兵衛は上がり端《はな》に腰掛け、茶碗に手を伸ばした。

ひと口ふくみ、ぶっと土間に吐く。

「こいつは昨日の茶か」

「あら、すみませんねえ」

「ふん、おれたちは招かれざる客ってわけだな」

銀次は仏頂面のまま、敷居のそばに立っている。

勘兵衛は残った茶を捨て、茶碗をことりと置いた。

「谷中は感応寺の墓場で、袋物をつくる居職が殺められた。仙蔵という男だ。知っているか」

「いいえ」

「だったら、こう言い換えよう。殺められた男は掏摸だった。初音の仙蔵という名なら聞いたことがあんだろう」

「ご冗談を。献残屋の手前が掏摸の名なぞ、知るはずもないことです」

「へへ、煙草でも吹かしたくなったんじゃねえのか。遠慮はいらねえ。自慢の喧嘩煙管を吹かしてみな」

「おのぞみなら、そうさせていただきましょう」

長さ一尺半はありそうな銀の延煙管《のべ》と、使いこまれた煙草盆が出された。

延煙管の火皿は大きく、形状は水辺に咲く河骨の花に似ている。

火皿の形状を屋号にしたのだろうか。

物好きな男だ。

弥右衛門は刻み煙草を詰め、手慣れた仕種で火を点けた。

すぱっと美味《うま》そうに吹かし、吸い口をこちらに寄越す。

「よろしかったら、旦那もどうぞ」

「貰おうか」

勘兵衛は煙管を受けとり、小粋な仕種で口を付ける。

美味そうに一服やり、眸子を細めた。

吐きだされた煙はゆらゆら立ちのぼり、高い天井に雲海をつくる。

「ふうん、こいつが喧嘩煙管か」

「京の有名な煙管職人、左次郎《さじろう》の作った逸品ですよ」

「左次郎の煙管か。どうりで、ずっしりしてやがる」

勘兵衛は煙草盆を寄せ、雁首《がんくび》をかつんと縁に叩きつけた。

「名乗るまでもねえが、おれは南町奉行所の臨時廻りで、長尾勘兵衛というもんだ。みてのとおりの老い耄《ぼ》れよ。なめくじが大嫌《でえきれ》えでな、みつけると潰《つぶ》したくなっちまう。なめくじよりもっと我慢ならねえのは、悪党に舐められることだ」

勘兵衛はぐっと顔を寄せ、意味ありげに笑ってやる。

弥右衛門はたじろぎもせず、不思議そうに首を捻った。

「旦那、そいつは洒落ですか。仰りたいことがわかりませんけど」

「そうかい。ま、近えうちにわからせてやるさ」

喧嘩煙管をごろんと転がし、勘兵衛は尻を持ちあげた。

「邪魔したな。おめえのその、かさご面を拝めてよかったぜ」

弥右衛門は、口をぱかっと開いた。

「お役目、ごくろうさまにござります」

「その煙管、雁首に傷があるぜ」

「え」

「へへ、ちょっと見じゃ気づかねえ傷だが、直したほうがいいんじゃねえのか」

弥右衛門は傷を確かめ、渋い顔で頷いた。

「ご指摘いただき、ありがとう存じます。さっそく、直しに出しましょう」

「ふん、いいってことさ。あばよ」

勘兵衛はわざと乱暴に言いすて、袂をひるがえす。

店を出ると、銀次が嗄れた声で尋ねてきた。

「どうです。初音のとっつぁんを殺らせたな、あの野郎ですかい」

「ああ、たぶんな」

勘兵衛の耳には、仙蔵の恨み節がはっきり聞こえていた。

「あそこまで虚仮《こけ》にしてやりゃ、むかっ腹も立つだろうよ」

「さあて、相手はどう出るか」

楽しそうに、銀次は漏らす。

「どっちにしろ、ひと筋縄じゃいかねえ相手だ。銀次よ、褌《ふんどし》を締めてかかろうぜ」

「合点承知」

ふたりは八ツ小路まですすみ、そこから沽券状に記されていた地所に向かった。

七

弥生三日。

勘兵衛は娘夫婦と婿の祖母を家に呼びよせ、初孫のために桃の節句を祝った。

仁徳は下り酒を喰《くら》って酔い蟹《かに》も同然になり、女たちは鎌倉河岸《かし》の豊島屋で求めた甘酒を舐めている。

仕出し屋に頼んで旬《しゅん》の好物が並んだ折詰を届けてもらい、鮮やかに白い花を咲かせた満天星を愛でながら舌鼓を打った。

下戸《げこ》の鯉四郎は、甘酒を舐めただけで居眠りをしている。

静も綾乃も楽しげで笑いが絶えず、家のなかは華やいだ雰囲気に彩られたが、勘兵衛の表情はいまひとつ冴《さ》えない。

悲運を背負った掏摸の父子のことが、どうしても頭から離れなかった。

真相を見極め、何としてでも悪党を捕らえたい。

そうした強い気持ちが通じたのか、八ツ刻になり、簀戸を潜《くぐ》って怖《お》ず怖ずと訪ねてくる娘があった。

仙蔵の娘、おひろである。

黒髪は乱れ、着物の襟《えり》はくずれ、尋常でない様子に勘兵衛は驚いた。

「どうした。何があった」

おひろは縁側までたどりつけず、途中でがっくり両膝をついた。

勘兵衛と鯉四郎は急いで駆けよせ、おひろに手を貸してやる。

鯉四郎が太い腕で抱きかかえ、縁側まで運びこんだ。

「へ、平気です。すみません……ほ、ほんとうに、すみません」

おひろは謝ってばかりで、いっこうに要領を得ない。

甘酒を呑ませて落ちつかせ、勘兵衛はそっと尋ねた。

「怪我《けが》はないのか」

「もう、平気です」

「何があったか、はなしてくれ」

「半日ほど留守にして戻ってみると、部屋が荒らされておりました」

家財道具は湯呑みにいたるまで壊され、床板も引っぺがされていた。

長屋の連中に聞けば、狼藉《ろうぜき》をはたらいたのは痩せ浪人に率いられた荒くれどもだったという。

おひろには、おもいあたる人物がひとりあった。

「山路玄九郎《やまじげんくろう》という菱餅屋の食客《しょっかく》です」

「菱餅屋ってのは、おめえたちが紙入れを掏った味噌問屋のことか」

「さようです」

菱餅屋はひそかに高利貸しもやっており、腕利きの食客を何人か雇っているのだという。

おひろは父親の死をただ悲しんでいただけでなく、菱餅屋の周辺をそれとなく探っていた。

山路たちは床板まで引っぺがし、何を探していたのだろうか。

「ひょっとして、そりゃ」

沽券状かもしれない。

だが、沽券状は仙蔵の懐中から、何者かが奪ったはずだ。

今のところ、もっとも疑わしいのは献残屋の河骨堂だった。

菱餅屋はそうとも知らずに、沽券状を探しているのだろうか。

それにしても、どうやって、おひろのことを知ったのだろう。

あらゆる問いかけが頭を駆けめぐり、収拾がつかなくなってくる。

おひろによれば、山路玄九郎なる食客は直心影流の遣い手だという。

直心影流には、槍術《そうじゅつ》の突きに似た必殺技がある。

そういえば、仙蔵はのどを串刺しにされていた。

ひょっとして、山路なる者が下手人なのだろうか。

だが、仙蔵を殺めた下手人ならば、沽券状を探す必要はないはずだ。わからない。

どっちにしろ、おひろは身の危険を感じた。

部屋を飛びだして一目散に駆けつづけ、気づいてみたら、八丁堀の地蔵橋を渡っていたのだという。

「よう来てくれたな」

勘兵衛のことばに、おひろは涙ぐむ。

皮肉屋の仁徳までが、しょぼついた眸子に同情の色を浮かべた。

「可哀想《かわいそう》に。まだ十九の小娘じゃねえか。それにしても、連中はありもしねえ沽券状を何で探していやがんだ」

勘兵衛もおひろも、首を捻るしかない。

そこへ、いつぞやの雛人形屋が簀戸を潜ってあらわれた。

「うぽっぽの旦那、あいすみません」

人形屋の主人はのっけから謝り、桐箱を縁側に置いた。

「何だ、それは」

「ご注文いただいた雛人形にございます」

「ちょっと待て。おめえから買った有職雛《ゆうそくびな》は、孫の家に飾ってあるぜ。何かのまちげえじゃねえのか」

「いいえ。上巳の節句にお届けしてほしいと、ご隠居に申しつけられました」

「ご隠居ってのは」

「仙蔵という方です」

「何だって」

勘兵衛は唾を吞む。

人形屋は微笑んだ。

「おひろさまという名札もつくらせていただきました。うぽっぽの旦那のもとへお届けすれば、わかるようにしておくからと、ご隠居は仰いましてね」

おひろはとみれば、狐《きつね》につままれたような顔をしている。

勘兵衛は尋ねてみた。

「雛人形のはなし、とっつぁんに聞いていたのか」

「いいえ」

だが、おひろはおぼえていた。

毎年桃の節句が近づくと、幼いおひろは父親に雛人形をねだっていたらしい。

「おとっつぁんは雛人形を買ってくれず、そのかわりに、千代紙で雛人形を折ってくれました。五つのころのはなしです。それを天神さまのお守り袋に入れ、後生大事に携えております」

古びてしまった千代紙の雛人形を取りだし、おひろはみせてくれた。

「とっつぁんはおめえに、本物の雛人形を買ってやりたかったんだな」

勘兵衛には、仙蔵の気持ちが痛いほどわかった。

「おひろ、あの世からの贈り物になっちまったが、そいつを開けてみな」

おひろは震える手で、桐箱の蓋を開けた。

すがたをみせたのは、上品な顔の有職雛だ。

「おや」

お内裏様の台座の下から、紙切れがはみだしている。

おひろもみつけ、折りたたまれた紙を引っぱりだした。

開いてみる。

「あ、これは」

おひろは、ことばを失った。

勘兵衛も、横から覗《のぞ》きこむ。

「こいつは、沽券状じゃねえか」

大河内左近将監の屋敷の所在が明記されている。

穴の開くほど眺めてみたが、本物にまちがいない。

鯉四郎が、めずらしく口をきいた。

「義父上《ちちうえ》、刺客が仙蔵から奪いとったのは、偽物ということになりますね」

「ふむ」

仙蔵はどうやら、悪党どもの裏をかいたらしい。

奪われることを予見していたのだ。

「さすが、初音の仙蔵だぜ。ただじゃ、死なねえ」

切り札の沽券状は、勘兵衛の手に渡った。

八

勘兵衛はさっそく銀次を献残屋に走らせ、仙吉の命と引換に沽券状を渡してやると伝えさせた。

もちろん、仙吉が囚《とら》われの身であることは想像の範疇《はんちゅう》を出ない。だが、生きているにちがいないとおもった。

河骨堂弥右衛門にとって、仙吉は切り札となり得る。

相手にそうおもわせるだけでも上出来だろう。

勘兵衛は沽券状を袖口に仕舞い、暢気な顔で歩きだした。

行き先は神田三河町、夕河岸で賑わう日本橋を渡って十軒店を過ぎ、濠端《ほりばた》の竜閑橋《りゅうかん》を渡って鎌倉河岸を突っきる。それが河骨堂への道筋だ。

人の多そうな表通りや河岸を選んで進むと、十軒店のほうから法螺《ほら》貝を口に当てた祭文《さいもん》語《がたり》がやってきた。「でろれんでろれん」の合いの手に合わせ、世事風俗をおもしろおかしく歌う。「でろれん左衛門」とも称する奇抜な扮装《いでたち》の男が、見物人の関心を惹いている。

「でろれんでろれんでんでろれん。美作津山《みまさかつやま》の城は焼け、奥州白河の城も焼け、お江戸も春から火事騒ぎ、材木問屋は焼け太り、賄賂《まいない》けちって店潰れ。お城の坊主は焼き物を騙《だま》して売って丸儲け、騙《かた》りがばれて磔《はりつけ》に。お納戸役の奥方は奉公人と恋に落ち、密通ばれて地獄行き。火遊びだけはおよしなさい。危ういことと知りしゃんせ。でろれんでろれん……」

おもしろいので、つい聞き入ってしまう。

気を取られていると、小脇から人影が近づいてきた。

「ごめんなすって」

擦れちがった瞬間、袖が軽くなる。

鋭利な刃物で切られたのだ。

すかさず、十手を抜いた。

――ばきっ。

「んぎゃっ」

骨の砕けた音と悲鳴が重なり、小柄な男が足もとに蹲る。

男は右手の甲を押さえ、激痛ゆえか全身を震わせた。

勘兵衛は男を縛りあげ、髷を摑んで顔を持ちあげる。

「ご勘弁を……ご、ご勘弁を」

憐《あわ》れみを請う男の左頰には、波銭大の痣が浮いていた。

袖切りの良治だ。

「でろれんでろれん」

祭文語の声が近づいてくる。

倒れた小悪党に気づいた者はいない。

「ふん、てめえみてえな小者を寄越すたあな、おれもずいぶんみくびられたもんだ」

勘兵衛は屈《かが》みこみ、刃物で切られた袖を弄《もてあそ》ぶ。

すっぽんの銀次が、後ろから追いついてきた。

「旦那、ご無事ですかい」

「ふふ、袖を切られたぜ」

「おっと、長尾さまの袖を切るなんざ、てえした度胸じゃねえか。おめえはどう転んでも磔獄門を免れめえな」

銀次に脅され、良治はがっくり項垂れる。

勘兵衛は膝を割り、顔をぬっと近づけた。

「教えてくれ。仙吉は献残屋に囚われたのか」

「し、知りやせん……あ、あっしは何も」

「そうかい」

勘兵衛は良治の震える右手を摑み、ぎゅっと力を入れた。

「ぬぎゃああ」

あまりの大声に祭文語は口を閉じ、見物人たちも一斉に振りむく。

勘兵衛は、いっこうに動じない。

「さあ、どっちだ。仙吉は生きてんのか」

良治は涙を浮かべ、うんうんと何度も頷いた。

「おめえを寄こしたな、河骨堂だな」

「へ、へい」

やはり、献残屋を営む河骨堂弥右衛門は掏摸の元締めらしい。

良治は痛みに耐えかねて泡を吹き、気を失ってしまった。

後始末を銀次に託し、勘兵衛は雑踏のなかに紛れていく。

日は落ちて空はどす黒く、竜閑橋の向こうには暗渠《あんきょ》が口を開けていた。

濠だ。

濠に沿ってめぐらされた石垣が、白々と浮かんでみえる。

行き交う人々は影となり、闇の狭間に呑まれていった。

「おや」

橋を手前にしたところで、突如《とつじょ》、殺気が膨らんだ。

柳の木陰から躍りだしてきたのは、ひょろ長い浪人者だ。

鼻と口を黒い布で隠している。

鬢を削られた刺客かもしれぬが、そうとも言いきれない。

勘兵衛は足を止め、押し殺したような声を発した。

「おめえ、山路玄九郎とかいう味噌屋の食客かい」

「ふん、ばれておったか」

山路は布を取り、狐顔をさらす。

「稲荷《いなり》の使いみてえな面あしやがって。十手持ちを襲うたあ、いい度胸をしてんじゃねえか。おめえ、味噌屋から献残屋に寝返ったのか」

「よくわかったな。ああ、そうさ。菱餅屋藤兵衛は六日知らずのしわいやつでな、汚れ仕事をさんざんやらせておいて、月に五両の手当しか出さぬ。河骨堂の主人はその点、はなしがわかる。おぬしから沽券状を奪えば、五十両出すと言った。くたびれた臨時廻りをあの世へおくれば、十月《とつき》ぶんの食い扶持にありつけるというわけだ」

おひろの部屋が山路に荒らされた謎が解けた。

味噌屋ではなく、献残屋の指図で動いたのだ。

勘兵衛は身構え、ぐっと睨みつける。

「初音の仙蔵を殺ったな、おめえか」

「殺った相手の名なんぞ、いちいち覚えておらぬわ」

山路はうそぶき、ずらっと白刃を抜いた。

勘兵衛も背帯に手をまわし、十手を引きぬく。

「老い耄れめ、直心影流の免許皆伝に勝てるとでもおもうのか」

「やってみなけりゃわかるまい」

「ほざけ。すりゃ……っ」

鋭い踏みこみと同時に、突きがきた。

二段、三段と切っ先が伸び、勘兵衛は必死に躱《かわ》す。

「死ね」

誘いの袈裟懸けを弾くと、中段の突きがきた。

せぐりあげるように、のどを狙った一撃だ。

「ふん」

勘兵衛は、十手で上から押さえこむ。

鉤《かぎ》の手に刃がからみ、火花が散った。

すかさず、左手で脇差を抜く。

逆手で握り、籠手《こて》打ちを狙った。

「何の」

山路はぱっと身を離し、八相に構えなおす。

「ふふん、なかなか、やるではないか」

山路は、舐めてかかったことを悔いているのだろう。

慎重になり、爪先で躙りよってくる。

「ほら、こい」

勘兵衛は、両手をだらりとさげた。

右手には十手を、左手には脇差を握っている。

隙だらけにみえるが、誘っているのはあきらかだ。

「腐れ同心め」

山路は青眼に構え、腹の底から気合いを発した。

「ぬりゃお……っ」

切っ先を角《つの》のように立て、渾身《こんしん》の突きを狙ってくる。

「させるか」

同じ手を二度食う勘兵衛ではない。

左手の脇差で突きを弾き、右手の十手を投げつける。

至近から放たれた十手は、正確に相手の眉間をとらえた。

「どはっ」

つぎの瞬間、山路は白目を剝《む》いた。
刀を落とし、がくっと両膝を折る。
拝むような恰好で気を失った。
勘兵衛は、細縄を口に咥《くわ》えた。
捕縄術はお手のものだ。
素早く後ろ手に縄を掛け、山路を柳の幹に縛りつける。
「おい、番太郎を呼んできてくれ」
通りかかった物売りに声を掛け、近くの番屋に加勢を頼む。
みずからは竜閑橋を駆けぬけ、鎌倉河岸を風のように突っきった。
三河町へたどりついてみると、献残屋の表門は固く閉ざされていた。
人の気配はなく、小さな旋風《つむじかぜ》が舞っている。
「くそっ、逃げられたか」
雑魚《ざこ》に関わっていたせいで、大物を釣りおとしてしまった。

九

良治への詮議《せんぎ》で、考えていたものとは別の筋が浮かんできた。

菱餅屋から紙入れを掏ったのは、偶然などではない。

あらかじめ、沽券状に狙いをつけていたのだ。

「最初《はな》から仕組まれていたのか」

驚く勘兵衛に向かって、良治は正直に喋った。

喋れば罪を減じると約束したからだ。

「とっつぁんと娘のおひろは知らなかった。知ってたな、仙吉ひとりでやす。あっしが元締めに命じられ、仙吉を誘ったんだ。菱餅屋から、でえじなもんを掏る。失敗《しくじ》りは許されねえ。だから、この仕事にゃ、初音のとっつぁんの技がどうしてもいる」

行きつけの『お富』で懇々と説得し、詳しい段取りまで教えた。

「仙吉がよく受けたな」

「それにゃ理由がありやす。仙吉のやつは、惚れちゃならねえ女に惚れた。おもとでやすよ。元締めの妾とできちまい、そいつを元締めに気づかれたんです。だから、断ることができなかった。なにせ、断りゃ妾ともども命はねえ。そう脅されたら、やるっきゃねえでしょう」

しかし、これには裏の裏があった。

河骨堂は仙吉を引きこむために、妾のおもとに命じてわざと粉を掛けさせたというのだ。

「まことかよ」

そうまでして手に入れたい沽券状とはいったい、どれだけの価値があるものなのか。

菱餅屋はそもそも、五百石取りの旗本ごときに、なぜ、金を貸しつけたのだろうか。

つぎつぎに、新たな問いが浮かんできた。

だが、良治はそれ以上、何も知らなかった。

河骨堂の駒となって動かされていただけだ。

一方、山路玄九郎は欲深いだけの野良犬にすぎず、目新しいはなしは出なかった。何を質しても要領を得ず、仙蔵を殺ったかどうかも判然としない。肝心な点は明らかにできぬまま残った。

数日が経ち、花見の季節が訪れた。

上野山や墨堤《ぼくてい》の桜は八分咲き、明日も晴れれば満開になろう。

芝浜で採った蛤《はまぐり》を焼いて食べ、吸い物にして啜った。

野面に目を向ければ、女房や娘たちが菜摘《なつ》みに精を出している。

勘兵衛は鯉四郎を連れ、神田の岩本町へ向かった。

江戸橋から米河岸に沿ってすすみ、大伝馬町《おおでんまちょう》を横切って竜閑川を越える。紺屋町のさきには藍染川が流れ、川を渡れば東に武家地、西に町屋がつづく。道ひとつ隔てて北側には、神田ではめずらしい大名屋敷があった。

近江仁正寺《にしょうじ》藩一万七千石、市橋下総守《いちはししもうさのかみ》の上屋敷である。

大河内家は、仁正寺屋敷の西側に張りつくように建っていた。

御旗奉行といえば五節句にしかおよびが掛からない閑職だが、門構えは威風堂々としており、南北に細長い土地をめいっぱい使って屋敷は建てられている。

勘兵衛は門前でしばらく佇み、周囲の様子を窺《うかが》った。

「鯉四郎、よい匂いがするな」

銀次とはじめて来たときも気づいたが、芳しい香りがただよってくる。

「山梔子《くちなし》ですな。辻番によれば、ここは山梔子屋敷と呼ばれているそうですよ」

「ほう、知らなかったな」

勘兵衛は、鼻をひくひくさせる。

「鯉四郎、この土地、いかほどの価値があるとおもう」

「はてさて。このあたりは御城も富士山もよくみえますから、眺望ぶんでいくらか加算されるやもしれません」

「土地の狭さを考慮すれば、三百両といったところかな」

順当に考えれば、味噌問屋が旗本に貸した金はそれ以上ではない。

となれば、担保としての価値は、たかが知れている。

誰かを殺めてまで、沽券状を手に入れようとはすまい。

「鯉四郎、裏にまわってみよう」

「は」

繰りかえすようだが、東側には仁正寺屋敷が隣接していた。

屋敷から御城をのぞむ西側の眺望はあまりよくない。

母屋に立ってみなければはっきりしないが、大河内家の塀が邪魔になるであろうことは想像に難くなかった。

「これですと、富士山が拝めませんね」

鯉四郎が笑った。

「それだ」

勘兵衛は膝を打つ。

「上屋敷の持ち主は近江仁正寺藩であろう」

「さようですが」

「市橋家の家紋は、菱餅を三つ並べた三つ菱餅だ」

「それがどうかなされましたか」

「味噌問屋の屋号も菱餅だ」

「あ、しかも、同じ近江の出です」

「味噌をどこから仕入れているのか。ちょいと、門番に聞いてこい」

「ただいま」

鯉四郎は裾を摘み、摺《す》り足で遠ざかった。

門番と二言三言ことばを交わし、興奮醒《さ》めやらぬ顔で戻ってくる。

「義父上、門番の口から菱餅屋の名が出ました。汐留の味噌問屋は、仁正寺藩の御用達です」

「読めたぞ」

仁正寺藩は霊峰富士の眺望を手にするため、大河内家の土地を欲しがっていた。

菱餅屋の周囲は蜂の巣を突《つっ》くような騒ぎで、野次馬どもが口々に叫んでいる。

「主人夫婦も奉公人も、みなごろしにされたぞ」

急いで踏みこむと、店のなかは血の池と化していた。

ひと足さきに着いていた銀次が、険しい顔でやってくる。

「旦那、とんでもねえことになりやした」

「ああ、みりゃわかる」

「殺されたのは主人夫婦と奉公人が五人、ほかに浪人者がふたり」

「浪人者か」

「山路玄九郎と同様、菱餅屋が付け馬に雇った連中でやしょう。じつは、茶箱に隠れて難を逃れた下女がおりやす。はなしを聞きやすかい」

「ふむ、そうしよう」

銀次に導かれ、勝手口から裏庭に出た。

古井戸の脇に、十八、九の娘が佇んでいる。

勘兵衛はゆっくり近づき、震える肩に手を置いた。

「でえじょうぶかい。無理をせずともいいんだぜ」

「へ、平気です」

「なら、聞こう。その目で何をみたか、教えてくれ」

「何ひとつ、みちゃおりません」

「そっか」

やはり、はなしを訊《き》くのは酷だなと、勘兵衛はおもった。

勝手口のそばで、山吹が鮮やかな黄金の花を咲かせている。

家人が丹精込めて育てたものであろう。

娘は小首をかしげ、遠い目でつぶやいた。

「茶箱に隠れていたら、女のひとの声が聞こえてきました」

「女」

「奉公人ではありません。賊の仲間です、きっと」

勘兵衛の頭に、物憂げなおもとの顔が浮かんで消えた。

「その女、何か喋ったかい」

「喋っていました。でも、よく聞こえませんでした」

「いいんだ。無理におもいだすことはねえ。ありがとうよ」

勘兵衛は礼を述べ、娘の面倒をみるようにと、銀次に言いつける。

娘は銀次の背にしたがい、野次馬のいない裏木戸へ向かった。

木戸から去ったとおもったら、急いで戻ってくる。

「お役人さま、おもいだしたことがございます」

「おう、何だ」

「香りです。芳しい香りを嗅ぎました」

「茶箱のなかでか」

「はい。気配でわかりました。賊のひとりが近づいてきたのです。あれは、山梔子の香りでした」

「山梔子か」

はっとする。

大河内家は「山梔子屋敷」と呼ばれていた。

賊のひとりは、同家に縁ある者かもしれない。

勘兵衛は血腥《ちなまぐさ》い店内に戻り、鯉四郎とともに屍体の検分をはじめた。

殺された者はたいてい、のどや胸をひと突きで刺されている。

「義父上、仙蔵を殺った手口と同じですね」

「そのようだな」

鯉四郎の指摘が正しいとすれば、菱餅屋を裏切った山路玄九郎は仙蔵を斬った下手人ではないということになる。

「やっぱり、別の野郎だったか」

勘兵衛は、重い溜息を吐いた。

「義父上、こちらへ」

呼ばれて出向くと、主人の藤兵衛が床の間に仰向けで死んでいた。

ほかの連中とは、あきらかに殺り口がちがう。

「こいつはひでぇ」

月代の真ん中が、べっこりへこんでいた。

頭蓋骨は陥没し、眼球が飛びだしているのだ。

「凶器は刃物じゃねえな」

「木刀でも棍棒《こんぼう》でもなさそうですね」

「石か鋼《はがね》か」

小さくて固いものだ。

勘兵衛は天井を仰ぎ、低く呻《うめ》いた。

「喧嘩煙管かもしれねえ」

鯉四郎も応じた。

「そうだ。きっと、そうですよ」

河骨堂弥右衛門が銀の延煙管を振りおろし、菱餅屋藤兵衛の脳天を砕いたのだ。

「妙ですね」

鯉四郎は思案顔になった。

「河骨堂は菱餅屋に強請を掛けようとした。そのために訪れたのだとすれば、殺める手はない。殺めてしまえば、元も子もなくなってしまうのでは」

「ふむ、そうだな」

「どうして、殺めたのでしょう」

「ふん」

勘兵衛は、つまらなそうに鼻を鳴らす。

「殺らなきゃ殺られるってことだろうさ」

死ぬのが恐くて、先手を打ったのではあるまいか。

根拠はない。ただ、そうおもっただけだ。

「どっちにしろ、河骨堂は焦っているようだぜ」

惨状を調べていくと、それが手に取るように伝わってきた。

十一

勘兵衛は銀次を招き、花見舟としゃれこんだ。

「たまには息抜きも必要だ。どうでえ、乙なもんだろう」

大川は春の日射《ひざ》しを浴びながら、ゆったりと流れている。

屋根船は雪と舞いちる花吹雪のなかを、滑るように遡上《そじょう》していった。

「きれいどころがいねえのは淋しいが、はしゃぎてえ気分でもねえ」

「そいつは、あっしも同じでやすよ」

銀次の調べで、山梔子の香りをさせた男の正体がわかった。

「大河内家の次男坊、右京之介《うきょうのすけ》じゃねえかと」

部屋住みの穀潰《ごくつぶ》しだが、水道橋にある剣術道場では師範代を任されたこともある剣客らしい。

「通っていたさきが直心影流の道場でしてね、右京之介は素行がよろしいほうじゃねえらしく、半年前に破門になったと聞きやした」

深川の芸妓《げいぎ》に入れあげ、門弟たちから金を借りまくった。そうした行状が道場主の知るところとなり、出入禁止になったのだ。

「ところが、あるとき、ひょっこり道場にあらわれ、門弟たちに借りた金をすべて返済してまわったとか」

「ほう」

「急に金まわりがよくなった。近々、一千両の大金がはいるから、おまえら全員、吉原に連れていってやると、豪語したそうで」

「一千両か」

勘兵衛の考えを、銀次は先取りしてみせた。

「沽券状を担保に差しだし、菱餅屋から借りた金じゃねえかと」

菱餅屋から金を借りたのは、当主の左近将監ではなく、行状の芳しからぬ次男坊だった。

親のもとから沽券状を盗みだし、その場しのぎに大金を借りたはいいが、最初から金を返す目処《めど》などありようはずもなく、なるようになれとでもおもっていたにちがいない。

ところが、いよいよ沽券状をカタに取られる段になり、次男坊はとんでもないことをしでかしたと気づく。

なにせ、住む家がなくなるのだ。

下手をすれば大河内家は断絶の憂き目をみるやもしれず、みずからは腹を切らされるやもしれない。

右京之介は進退窮《きわ》まった。

そこへ、助け船を出したのが献残屋、河骨堂弥右衛門だった。

「調べてみやすと、弥右衛門は大河内家に出入りしておりやす。おおかた、次男坊の事情《わけ》を聞きつけ、巧みに近づいたんじゃねえかと」

「すべて、弥右衛門の入れ知恵か」

「そのとおりで」

菱餅屋藤兵衛が沽券状を肌身離さず携えていることを、弥右衛門は探りあてた。

そこで、掏摸を使おうと考えたのだ。

百発百中で成功させるには、一流の掏摸を使わねばならぬ。

白羽の矢をたてたのが、初音の仙蔵だった。

ただし、子飼いでもない仙蔵を直《じか》に口説くのは難しい。

弥右衛門はおもとに命じ、倅の仙吉に粉を掛けさせた。

「仙吉は落ちた」

まんまと、色仕掛けに塡《はま》った。

「ずいぶん、まわりくでえことをしゃがる」

「なにせ、一千両の沽券状でやすよ」

慎重にもなろう。

弥右衛門の狙いは、旗本の次男坊から数百両の報酬を得ることだった。

それと同時に、沽券状を菱餅屋に買いとらせる腹だったにちがいない。

「ところが、本物はここにある」

勘兵衛は懐中から、沽券状を取りだした。

「弥右衛門は沽券状を携えずに、菱餅屋との話しあいにのぞんだ」

「現物がねえとなりゃ、当然、はなしはこじれますわな」

弥右衛門は小馬鹿にされ、頭に血を昇らせた。

「おもわず、喧嘩煙管を振りあげたってわけか」

ついでに、そばにいた連中も巻き添えを食った。

おそらく、次男坊の右京之介を用心棒がわりに連れていったのだろう。罪もない奉公人たちは、右京之介の凶刃に斃《たお》れた。

「あり得ねえはなしじゃねえ」

銀次は、腕組みで溜息を吐く。

殺められた奉公人のなかには、十三の丁稚《でっち》もふくまれていた。

「鬼め」

勘兵衛は、憤りをあらたにする。

「ようやく、筋がみえてきやしたね」

あとは、次男坊と弥右衛門の行方だ。

勘兵衛は、はたとおもい当たった。

「銀次、左次郎の喧嘩煙管にゃ傷があった。でえじな煙管なら、きっと直しに出したはずだぜ」

腕の良い煙管職人を当たればよい。

「合点承知」

屋根船は舳先《へさき》を桟橋に向けた。

桟橋では着飾った娘たちが、浮き浮きしながら花見舟を待っていた。

十二

二日後。

銀次が嬉しそうにやってきた。

「菱餅屋で惨事のあった翌日、左次郎の煙管を預かった職人をみつけやした」

京橋の煙管屋で、預けにきたのは妾風の女であったという。

「女の特徴は」

「おもとでやすよ。旦那が薬研堀で見掛けた妾にまちがいねえ」

「妾宅にゃ、もう誰もいねえぞ。蛻《もぬけ》の殻だ」

「へへ、ご安心くだせえ。おもとは明日の夕方、職人のところへ延煙管を取りにくるそうです」

「おもとのあとをたどっていけば、悪党の巣にいきつく」

「そういうこと」

「銀次、でかしたぞ」

「へへ、勝負は明日。獲物が釣り針に掛かったら、落とさねえように気をつけねえと」

その夜、勘兵衛の眠りは浅かった。

敵は手強《てごわ》い。

捜しあてても、捕らえられるかどうかわからない。

ただし、大勢の捕り方を動かさぬほうが得策だろう。

少数でおもむき、相手の虚を衝《つ》く。

それが勘兵衛のやり方だ。

翌夕。

京橋の煙管屋を張りこんでいると、おもとはいそいそやってきた。

武家の妻女風に紫の御高祖頭巾《おこそずきん》ですっぽり頭を包んでいるが、薬研堀の妾宅で見掛けた後ろ姿にまちがいない。

おもとは職人の直した煙管を手にすると、急ぎ足で表通りを戻りはじめた。

近くにほかの人影がないのを確かめ、鯉四郎と銀次もいっしょに背中を追いはじめる。

おもとは露地に入り、渡る必要のない橋を渡ったりしながら、三十間堀に沿って汐留に向かった。

汐留橋を渡ったさきには、惨事のあとに表口を封じられた菱餅屋がある。

すぐそばの川沿いには、丸木で表口を×印に封じられた味噌蔵もみえた。

「まさか、あそこじゃねえだろうな」

予想に反し、おもとは味噌蔵へ足を向けた。

表口で立ちどまると、警戒するように周囲を眺めまわす。

怪しい人影がないのを確かめ、露地から裏手へまわった。

裏手は川に面しており、荷揚げ用の桟橋も架設されている。

足の速そうな小船も横付けされており、味噌蔵のなかに目当ての連中が潜んでいる公算は大きかった。

おもとはためらいもみせず、潜り戸から蔵の内へ消えた。

銀次は、しきりに感心してみせる。

「盲点でやしたね」

「ああ。ここなら、誰にも気づかれずに済む」

当面の隠れ家には、もってこいだ。

十中八九、河骨堂弥右衛門はいる。

踏みこんで、一気に片を付けるか。

それとも、出てくるのを根気よく待つか。

勘兵衛は少し迷った。

仙吉が囚われているかもしれない。

命を楯《たて》に取られたら、厄介なことになる。

とりあえず、鯉四郎を表口の守りに向かわせ、銀次を桟橋に潜ませた。

勘兵衛自身は、裏口の暗がりへ踏みこむ。

すると、そこへ。

小船が一艘《そう》、近づいてきた。

船頭はおらず、編笠の侍が櫂《かい》を操っている。

「ん、あれは」

ひょろ長い体軀《たいく》には、みおぼえがあった。

編笠侍は小船を桟橋に横付けし、杭《くい》に纜《ともづな》を括《くく》ると、裏口にまっすぐ近づいてくる。

ほのかに香気を放っていた。

山梔子の香りだ。

勘兵衛は暗がりから抜けだし、堂々と身をさらしてやった。

「大河内右京之介さんかい」

相手は足を止め、眉を吊りあげた。

「ふん、誰かとおもえば、老い耄れ同心か」

「やっぱり、こっちのことを知っているようだな。ちょうどよかった。おめえさんに質してえことがある」

「何だ」

「菱餅屋に押しこみ、罪もねえ奉公人たちを殺めたのか」

「それがどうした」

ひらきなおる悪党相手に、勘兵衛はたたみかけた。

「初音の仙蔵を殺ったのも、おめえだな」

「ふん。虫螻《むしけら》に引導を渡しただけのことさ」

「仙蔵を殺めても、おめえは欲しいものを手に入れられなかった。とっつぁんは、沽券状を携えちゃいなかったからな。おめえらは菱餅屋の食客山路玄九郎を裏切らせ、とっつぁんの部屋を探させた。それでも、欲しいものはみつからなかった。へへ、とっつぁんは、おめえらの動きを読んでいたんだぜ。娘へ贈る雛人形に添えて、沽券状をおれのもとに届けてくれたのさ」

勘兵衛は懐中に手を入れ、本物の沽券状を取りだした。

「ほれよ」

右京之介は編笠をはぐりとり、蠟燭《ろうそく》のような蒼白い顔に不敵な笑みを浮かべる。

「ふふ、そこにあったか。わしの沽券状を返してもらおう」

「そうはいくか」

「ふん、まあよい。おぬしを斬って、そいつを貰う」

自信を漲《みなぎ》らせた悪党は、ずらりと白刃を抜いた。

「のぞむところよ」

勘兵衛は沽券状を口にくわえ、背帯から十手を抜く。

「おめえを捕まえる気で来たんだぜ。こねえだのようなヘマはしねえ」

「えらい自信だな。町方の分際で旗本とわたりあう気か」

「なるほど、お上のきめた御法度《ごはっと》じゃ旗本を裁けやしねえ。でもな、おめえみてえな屑野郎は、お天道様が赦《ゆる》しちゃおかねえんだ」

沽券状を添えて、これこれしかじかと訴えれば、たちどころに真相は白日の下に晒《さら》され、大河内家は断絶の憂き目をみよう。

「そういった遣《や》り口は、どうも性に合わねえ。おれが裁きてえのは、平気な顔で人を殺し、罪の欠片《かけら》も感じねえ輩《やから》だ。大河内右京之介、おめえは自分のやったことの罪深さを知らなくちゃならねえ」

「ふふ、説教はそれだけか。ついでに、念仏でも唱えたらどうだ」

「おめえのために唱えてやるよ。南無阿弥陀仏とな」

勘兵衛は前屈みになり、はっとばかりに地を蹴《け》った。

微塵の躊躇《ちゅうちょ》もみせず、生死の間境《まざかい》を踏みこえる。

「きぇ……っ」

凄《すさ》まじい気合いとともに、白刃の切っ先が伸びてきた。

ひょいと躱し、逆しまに十手をのどに突きつける。

軽く躱され、袈裟懸けを見舞われた。

「ぬはっ」

ずばっと、胸を斬られる。

「うわっ、旦那」

桟橋のほうで、銀次が叫んだ。

「心配えするな」

と言いかけたが、乾いたのどに声が張りつく。

「この野郎」

勘兵衛は足を踏んばり、破れた黒羽織をみずから裂いた。

着物のしたには、鎖帷子《くさりかたびら》を着けている。

「ちっ、姑息《こそく》な」

右京之介は舌打ちし、刃こぼれの程度を調べた。

鎖帷子のおかげで金瘡《きず》は免れたが、衝撃で全身が痺れている。

だが、弱味をみせるわけにはいかない。

勘兵衛は腰を落とし、じっと耐えた。

「老い耄れめ、三途《さんず》の川を渡るがいい」

鋭い踏みこみから、二段突きがきた。

「ぬくっ」

一段目は躱し、二段目は十手で弾く。

と、そのとき。

後ろの銀次が、さっと袖を振った。

得意の印字打ちだ。

礫《つぶて》は相手の後ろ頭に命中した。

「うぬっ」

右京之介は倒れず、鬼の形相で振りむくや、銀次の投げたふたつ目の礫を刀で弾いてみせた。

一瞬の隙を逃さず、勘兵衛は踏みこんだ。

すっと身を沈め、十手で地べたを薙《な》ぎはらう。

「うれっ」

右京之介は臑《すね》を刈られ、達磨《だるま》落としの要領で腰から落ちた。

その拍子に、袖口から白い花がこぼれおちた。山梔子の花だ。

「ぬっ、くそっ」

痛みに口をひんまげながらも、右京之介はどうにか立ちあがる。

「ぬりゃ……っ」

気合いを発し、乾坤一擲《けんこんいってき》の突きを繰りだしてきた。

「くわっ」

受けた勘兵衛の十手が弾かれた。

高々と宙に舞い、味噌蔵の屋根まで飛ばされる。

「莫迦め」

吐きすてた右京之介の顔が、悲しげに曇った。

勘兵衛の握った脇差が、下腹を深々と貫いている。

「ぬぐ……ぐぐ」

右京之介は刀を落とし、がっくり両膝をついた。

勘兵衛は黒糸巻きの柄を手放し、すっと身を離す。

下腹に刺さった脇差を抜けば、楽に死ねるであろう。

抜かねば命を長らえることはできるが、三日と経たずに斬首の沙汰が下されよう。素姓を偽れば、大河内家は断絶を免れる。一介の浪人として死ぬ道を選ぶこともできるのだ。

「選ぶのはおめえだ」

と、冷たく言いはなつ。

「ぬわあああ」

右京之介は両手で脇差の柄を握り、猛然と引きぬいた。

どばっと、鮮血がほとばしる。

身勝手な穀潰しは血の池でのたうちまわり、ぴくりとも動かなくなった。

遺体のそばには、山梔子の花が落ちている。

厄介者の次男坊にとって、土地や家作はどうでもよかった。ただ、他人に譲りたくない思い出のひとつくらいはあったのかもしれない。黄ばんだ山梔子をみつめながら、そんなふうにおもった。

悄然《しょうぜん》と佇む勘兵衛のもとへ、銀次が影のように近づいてくる。

「旦那、殺らなきゃ殺られてた。気に病むことはありやせんぜ。それに、こいつは仙蔵の仇でやすよ」

「ああ、そうだったな」

縄を打てなかったことが、十手持ちとしては情けない。

だが、あれこれ悩んでいる暇はなかった。

悪党がもうひとり、味噌蔵に潜んでいる。

勘兵衛は迷いを断ちきり、袖をひるがえした。

「銀次、きっちり片を付けようぜ」

「へい」

老練な岡っ引きは鯉四郎に加勢を求めるべく、表口に走った。

勘兵衛は裏口を開け、漆黒の闇に一歩踏みこんだ。

十三

味噌蔵のなかは真っ暗で、寒々としていた。

足もとはぬかるんでおり、むっとするような湿気に包まれている。

大きな味噌樽《だる》がいくつも並んでおり、その合間を縫っていかねばならない。

手探りですすむと、奥まったところに灯りがみえた。

「あ」

後ろ手に縛られた男と、白い顔の女が灯りに照らされている。

男は仙吉、女はおもとのようだ。

勘兵衛は裾を端折《はしょ》り、灯りのほうへ足を向けた。

「待て」

背後の闇から、重々しい声が響いてくる。

首を捻って目を凝らしても、相手のすがたはみえない。

殺気だけがあった。

「弥右衛門か」

「そうだよ」

「旗本の穀潰しは逝った。観念しろ」

「ほざけ。うぽっぽ、おめえが来るのはわかっていたんだぜ」

「ほう、歓迎されていたとはな」

表口から細い光が射しこみ、鯉四郎が踏みこんできた。

「ふん、加勢は一匹か。でかぶつ、動くんじゃねえ。仙吉をみな」

勘兵衛も、灯りのほうに目を向けた。

仙吉の眸子は虚《うつ》ろで、息継ぎは荒い。

さんざん痛めつけられ、襤褸《ぼろ》雑巾と化していた。

のどもとには、千枚通しを突きつけられている。

鋭利な凶器を握るのは、仙吉の惚れた女だった。

「妙な動きをみせたら、ぶすりだぜ」

弥右衛門の声が響いた。

鯉四郎は踏みとどまり、石のように固まった。

銀次はおそらく、外で様子を窺っているのだろう。

弥右衛門の気配は移動し、勘兵衛の左側にまわりこむ。

「おもとは、おれの女だ。幼ねえ時分から食わせてやり、いろいろ仕込んできた。おれが殺せと命じれば、ためらいもせずに仙吉を刺す」

勘兵衛は佇んだまま、静かに口をひらいた。

「で、おめえはどうしてほしい」

「きまってんだろうが。沽券状を置いて去りやがれ。そうすりゃ、仙吉を生きたまま返してやる」

「仙吉が生きようが死のうが、おれにゃ関わりのねえはなしだ」

「あんだと」

「ふふ、仙吉は掏摸だぜ。十手持ちのおれが手柄をあきらめ、間抜けな掏摸の命を助けるとおもうか」

「助けると踏んだから、賭けに出たのさ」

「だったら、おめえの負けだ。あきらめな」

わずかな沈黙ののち、弥右衛門が呵々《かか》と嗤《わら》いだす。

「ぬへへ、うぽっぽ、強がるんじゃねえ。おめえのことは調べさせてもらった。どんな悪党でも、情の通った相手は助けてやるそうじゃねえか。死んだ仙蔵とは長え付きあいなんだろう。だったら、倅を見殺しにゃできねえはずだぜ。けっ、甘っちょろい野郎だなあ、おめえは。虫酸《むしず》が走るんだよ。でもな、甘ちゃんのおめえは、かならず、仙吉を助けようとするはずだ。おおかた、死んだ初音のとっつぁんに、誓いでも立てたんじゃねえのか。さあ、どうなんでえ。へへ、図星のようだな。おめえのおかげで、おれはもうひと華咲かすことができそうだぜ」

勘兵衛は動揺した様子もなく、はなしの切っ先を逸《そ》らす。

「やい、悪党。沽券状を手に入れたところで、金になるとはかぎらねえぞ」

「ふへへ、そいつがなっちまうのさ。少なくとも、千両にはな。先様《さきさま》にはなしを通してあるのよ」

「近江仁正寺藩の者にか」

「ああ、そうだ。お相手はな、勝手掛かりの御重臣だぜ。菱餅屋のやつは沽券状を手に入れたら、三千両の手間賃を寄こせと吹っかけたらしい。沽券状にゃ三千両の価値があったのさ。そいつをおれさまは、千両に割り引いてやるってわけだ。先様もな、のどから手が出るほど沽券状を欲しがっているのよ」

「どうかな」

勘兵衛は、冷静に説いてみせる。

「沽券状が盗まれたものと知れたら、譲渡は成立すまい」

「当主の大河内左近将監が黙ってりゃいいのさ。なにせ、次男坊に盗まれたとあっちゃ世間の恥だ。公儀に知れたら、重い罪は免れめえ。少しばかり金を積めば、下手に騒いで咎《とが》めを受けるよりも、土地を手放して侍を廃業しちまったほうが利口だと気づくだろうよ。昨今の侍えは、腰抜けばかりだ。一所懸命、土地を守ろうとする者なんぞいねえ。おめえだって、そのくれえはわかってんだろう。さあ、長話は仕舞えだ。うぽっぽ、五歩さきにすすめ」

言われたとおりにすすむと、土間に平たい木箱が置いてある。

「沽券状を抛《ほう》りこめ」

抛りこむと、木箱がするする引きずられていった。

紐《ひも》が付いていたらしい。

弥右衛門は闇のなかで、沽券状を手にしたようだった。

「ぬへへ、ちょろいもんだぜ。おめえら、表口から外へ出ろ」

戸惑う鯉四郎を促し、さきに外へ出させる。

勘兵衛もつづいたが、途中で足を止めた。

「止まるんじゃねえ。歩きつづけろ」

「そうはいかぬ」

「何だって。仙吉を殺ってもいいのか」

「おもとにゃ、殺れねえさ」

「ほへへ、てえした自信じゃねえか。おめえに、おもとの何がわかる」

妾宅で目にした物憂げな顔が忘れられない。

心に傷を負った女でなければ、ああした顔はできぬ。

ことばを交わさずとも、勘兵衛にはわかっていた。

おもとは、もうずいぶん以前から、魂の抜け殻も同然になってしまったのだ。

「弥右衛門よ。おもとはな、おめえを恨んでいるぜ」

「ほざけ」

「まあ、聞け。おもと、おめえも、おれのはなしを聞いてくれ。そこにいる仙吉はな、命懸けでおめえに惚れた。たぶん、のどを突かれても本望だろうよ。仙吉は騙されたことを、これっぽっちも悔いちゃいねえ。父親を殺められても、おめえを憎んじゃいねえのさ。何もかも、そこにいる悪党のやったことだ。おもとは悪党の言いなりになって手伝わされたにすぎねえとな、仙吉はそうおもっているはずだ。嘘《うそ》だとおもうなら、聞いてみな。裏切ったおめえのことを、まだ惚れているのかどうか」

おもとは、じっと聞き耳を立てている。

かたわらで仙吉は、血の涙を流していた。

搾りだされた涙が、命懸けで女に惚れた哀れな男の心情を物語っている。

弥右衛門がそれと察し、狂ったように叫んだ。

「おもと、仙吉を刺せ。刺し殺せ」

おもとは、ぴくっと眉を動かした。

だが、身を強張らせたまま、じっとしている。

「何してやがる。おれの言うことが聞けねえのか」

弥右衛門の声にかぶせ、勘兵衛は発した。

「おもと、おめえにゃできねえさ。本気で自分に惚れた男を刺せるはずはねえ」

「ひいっ」

突如、おもとは悲鳴をあげた。

千枚通しの先端を自分に向け、左胸に突きさす。

「うわっ」

仙吉が叫んだ。

勘兵衛は駆けだす。

「くそったれ」

「おもと、おもと……」

仙吉は、掠れた声で愛しい相手の名を呼びつづけた。

弥右衛門は脱兎《だっと》のごとく逃げだし、裏木戸へ向かう。

「逃がすか、悪党め」

勘兵衛は踵《くびす》を返し、怒声を張りあげる。

裏木戸が開き、残光が射しこんできた。

と、そこに。

銀次が仁王立ちしている。

「ご愁傷さま」

「くそっ、もうひとりいやがった」

弥右衛門は、右手に握った喧嘩煙管を振りかざす。

ひらりと、銀次は避《よ》けた。

煙管の雁首が、戸の一部を粉々にぶちこわす。

「死ねや」

体勢をくずした銀次の脳天に、雁首が振りおろされた。

つぎの瞬間、弥右衛門の顔が苦痛にゆがんだ。

どっと、顔から土間に倒れこむ。

粉塵《ふんじん》が舞うなか、四肢を痙攣《けいれん》させた。

背中のまんなかに、大刀が刺さっている。

勘兵衛が咄嗟《とっさ》に投擲《とうてき》したのだ。

「ぶはっ」

弥右衛門は、血を吐いた。

懐中から、沽券状がこぼれおちる。

鯉四郎も戻ってきた。

仙吉のもとに駆けより、縄を外してやる。

「うわああ」

縄を解かれた仙吉は、おもとの屍骸《むくろ》に抱きついた。

「終わったな」

勘兵衛は沽券状を拾い、びりびりと破いてみせる。

「あ、よろしいんですかい」

銀次に問われ、淋しげに笑った。

「いいさ。後は野となれ、山となれだ」

風に舞う紙吹雪が花吹雪と重なり、汐留の水面に花筏《はないかだ》が流れた。

十四

数日後。

上野山や墨堤の桜は盛りを過ぎ、さめざめと降る雨に木々の新緑が艶《つや》めいている。

弥生もなかばを過ぎてからは、雨の降る日が多くなった。

「春霖《しゅんりん》は涙雨、天に召された者たちが淋しさに耐えかねて流す涙じゃ」

仁徳は、微酔《ほろよ》い気分でそう言った。

静は縁側に座り、散りゆく花を名残惜しげにみつめている。

非番でくつろぐ勘兵衛のもとへ、いつぞや桐箱を届けてくれた雛人形屋が訪ねてきた。

「まいどどうも」

なぜか、おひろを連れている。

おひろは町娘らしい島田髷に結い、すっかり元気を取りもどした様子だった。

「長尾さまには、とてもよい娘さんをご紹介いただきました」

人形屋の主人は挨拶《あいさつ》を済ませ、後ろのおひろに微笑みかける。

主人は鴻巣《こうのす》の出身で、実家では木目込《きめこ》み人形をつくっていた。

勘兵衛はふとおもいたち、人形屋に面倒をみてもらえまいかと、おひろを引きあわせたのだ。

「なるほど、旦那の仰るとおり、手先の器用な娘さんです。すぐに、要領を覚えてくれました。一年もすれば、立派な人形師になりましょう」

「そうかい。ふつうなら十年掛かるところを、一年でなあ。どうだ、おひろ。人形づくりは楽しいかい」

「はい」

十九の娘は、瞳を輝かせる。

「世の中にこれほど楽しいことがあるだなんて、おもってもみませんでした」

「そいつはよかったな。おれも引きあわせた甲斐があるってもんだ。ところで、兄さんはどうしている」

「今は傷も癒え、ぶらぶらと」

「ぶらぶらと」

「一日中、山を歩きまわっております」

「ほう、山をな」

自分の進むべき道を探しているのだろうか。

右手の中指と薬指を失ったが、落ちこんではいないという。

とりあえず、掏摸に見切りをつけたのだと知り、勘兵衛は肩の荷を降ろした。

もちろん、からだの傷は癒えても、おもとを失った心の傷は癒えておるまい。

しばらくは放っておいたほうがいいと、勘兵衛はおもった。

雨はあがり、雲間から眩《まばゆ》いばかりの陽光が漏れてきた。

――きょきょ、きょきょきょきょ。

遠くのほうで、鳥が鳴いている。

すがたはみえずとも、疳《かん》高い声を聞けばわかる。

夏の到来を告げる不如帰《ほととぎす》だ。

「初音か。気の早えやつだな」

勘兵衛は、微笑みながら空を仰いだ。

不如帰には、冥途の鳥という異称がある。

頬を撫でる生暖かい風は、迎え梅雨の前兆でもあった。

「おひろ、達者でな。何かあったら、八丁堀にすっ飛んでくるんだぜ」

「はい」

勘兵衛のことばに、おひろは感極まってしまう。

人形屋の主人は娘の素姓を知りながらも、快く預からせてほしいと言ってくれた。

他人の心の温かみを知れば、誰であろうと、まっとうな道を歩んでいける。

「なあ、とっつぁん、おめえもそうおもうだろう」

遠ざかるおひろの背中を見送り、勘兵衛はそっとつぶやいた。

夜《よ》鰹《がつお》

一

車軸《しゃじく》を流すような雨が降っている。

すでに、同心ひとりと小者ふたりが斬られた。

瀕死の深手を負い、戸板に乗せて運ばれていった。

事情《わけ》ありの女たちが住む玄冶店《げんやだな》へ、物狂いの侍が一匹迷いこみ、七つの娘を人質にとって裏口のない四畳半に籠《こ》もっている。

捕り方は一度、無理押しに踏みこみ、返り討ちにあっていた。

さいわい、娘の命は無事だったが、踏みこんだ三人は手もなく斬られたのだ。

剣の力量が相当なものとわかってから、捕り方はすっかり弱腰になり、遠巻きに囲むだけで手を出しあぐねている。

塗りの陣笠をかぶった与力の脇では、娘の母親が泣きながら土下座をしていた。

「お役人さま、お助けください。どうか、娘をお助けください」

指揮十手を握る与力は微動だにもせず、母親の顔をみようともしない。

「賊の素姓がわかりました」

ずんぐりした猪首《いくび》の同心が駆けより、大声で注進する。

「田安定口番《たやすじょうぐちばん》、久保伝左衛門《くぼでんざえもん》にございます」

「なに、御城勤めの直参か」

与力ばかりか、周囲からも溜息《ためいき》が漏れた。

「やれやれ」

勘兵衛も、捕り方の最後列でげんなりしている。

久保伝左衛門は齢《よわい》二十三、悪仲間に誘われて廓《くるわ》通いをおぼえ、馴染《なじ》みの女郎から袖にされたのを逆恨みにおもって凶行におよんだ。

代わりの敵娼《あいかた》を一刀で斬りふせ、みずからも腹を切ったが浅手で死にきれず、近くの川に飛びこんだものの浅瀬で死ねず、橋の欄干から首を吊《つ》ろうとしたが、腐りかけていた縄が切れた。仕方なく死ぬのをあきらめ、稲荷《いなり》の祠《ほこら》に隠れていたところ、遊女屋の追っ手にみつかり、追っ手を何人か斬って遁走《とんそう》をはかった。それから一刻《いっとき》ばかり雨中を逃げつづけ、たまさか飛びこんださきが玄治店であった。

刀を握って飛びこんだ部屋には、菜売りの娘おみよがひとりで留守番をしていた。

久保は七つのおみよを楯《たて》にとって取りこもり、すでに半刻余り、わけのわからぬ台詞《せりふ》を喚《わめ》きちらしている。

「わしを虚仮《こけ》にするな。上役ども、雁首《がんくび》を揃《そろ》えてそこに並べ」

よくよく聞けば、上役への恨み辛《つら》み、日頃から蓄積された鬱憤《うっぷん》を吐きだしているかのようだ。

ともあれ、正気ではない。

暮れ六つの鐘を聞いてもいないのに、あたりは夜のように暗かった。

一町隔てた南に流れる堀川の水は溢《あふ》れ、へっつい河岸を水浸しにしている。

棟割長屋が対面で二棟並ぶ玄治店の内は、今や、町奉行所から馳《は》せ参じた大勢の捕り方で埋めつくされていた。

「弱ったな」

指揮を執《と》る吟味方与力の森本勇之進《もりもとゆうのしん》は、損な役まわりを仰《おお》せつかった不運を呪っている。

齢は三十代後半、如才なく立ちまわる術《すべ》を心得ており、上役の受けがよいので順当に出世するものと目されていた。

こんなところで躓《つまず》いてなどいられないと、顔に書いてある。

下の者に対しては横柄《おうへい》で厭味《いやみ》な人物だけに、勘兵衛はできるだけ関わりを持たぬようにしていた。

無論、今は好き嫌いを言っているときではない。

どうにかして、七つの娘を救いだす術をみつけださねばならなかった。

おそらく、この一件は世間の注目を集めることになろう。瓦版《かわらばん》に摺《す》られ、明日になれば江戸じゅうに知れわたる。娘の命を救うことができなければ、町奉行所の権威は失墜する。

したがって、森本としても強硬な手段を繰りかえすような愚はすまい。

かといって、それに代わる妙案もなく、無為な刻だけが過ぎていく。

双方とも対峙《たいじ》するのに疲れたころ、部屋の内から狂犬が怒鳴った。

「腹あ減った。握り飯を持ってこい」

「よし、待っておれ」

応じた猪首の同心は山中陣内《やまなかじんない》といい、森本の右腕を自認する腰巾着だ。

俄然《がぜん》、捕り方は色めきたった。

飯の差しいれは、賊を捕らえる好機とみたのだ。

狂犬がまた、吠《ほ》える。

「小者をひとり寄こせ。いや、待て。同心がいい。やってもらわねばならぬことがあるからな。度胸のない小者ではつとまらぬ。よし、臨時廻りの老い耄《ぼ》れを寄こせ。褌《ふんどし》一丁で握り飯を運ばせろ」

「わ、わかった」

山中は固く閉じた板戸越しに応じ、厳しい顔で戻ってくる。

とりあえずは長屋の住人に命じ、残り飯で結びをつくらせた。

「さて、誰を向かわせるかだな」

森本勇之進は捕り方をざっと眺めわたし、最後列に控える勘兵衛に目を留めた。

「おい」

呼ばれた途端、どきりとする。

やっぱり、おれか。

わかっていた。

狂犬の指定した「臨時廻りの老い耄れ」は、勘兵衛以外にみあたらない。

「おい、おぬし」

「は」

「姓名は」

「長尾勘兵衛にございます」

「ふむ、そうか」

森本は陣笠を濡《ぬ》らしながら、大股で近づいてくる。

小柄だが、筋骨は逞《たくま》しい。

一見して、遣い手であることはわかった。

色白で面立ちは整っており、女形をやらせてもつとまりそうだ。

森本は正面に立ち、濡れ鼠《ねずみ》の勘兵衛をじっとみつめる。

「よし、長尾、おぬしが行け。おぬしなら、相手も油断いたすであろう」

貧相な見掛けだとでもいいたいのか。少し腹が立った。

「賊は、褌一丁になれと告げてきた。できようかな」

「致し方ありませんな」

潔く着物を脱ぐと、ぽこっと突きでた腹がめだった。

「風邪をひかぬように」

森本は冷たく言いはなち、くるっと背を向けた。

若い同心や小者たちは、関わりを避けるように目を逸《そ》らす。

誰かに助けを求めようにも、鯉四郎と銀次は別件の調べでここにはいない。

娘婿の鯉四郎がいたら、恥辱に耐えられず、怒りを沸騰させていたことだろう。

「へへ、うぽっぽ、褌が似合っているぜ」

皮肉を吐いたのは、腰巾着の山中だった。

内役なので挨拶《あいさつ》を交わしたおぼえもないが、癖の強い男であることは知っていた。

年下のくせに、横柄な口をきく。嫌な野郎だ。

「ま、せいぜい気張ってこいや」

「ふん、余計なお世話だ」

勘兵衛は強がりを言い、褌をぽんと叩《たた》く。

「これしき、お安いご用さ」

娘が助かるのであれば、裸にでもなんでもなってやる。

取りこもった狂犬への怒りと、人を小馬鹿にする同僚への怒りと、世の中のあらゆる理不尽への怒りが相俟《あいま》って、からだが火照《ほて》ってきた。

空はどす黒く、あいかわらず、雨は熄《や》む気配もない。

勘兵衛は雨に打たれながら、森本の面前へおもむいた。

「行ってまいります」

「ふむ。隙をみて、賊に飛びかかるのだ」

「え」

「同心魂をみせてみろ」

「はあ」

困惑気味に頭を下げると、横から若い同心が口を挟んだ。

「お待ちを、森本さま」

「何だ、おぬしは」

「定廻りの柏木兵馬《かしわぎへいま》にございます。拙者にも助っ人をやらせてください」

「ならぬ。おぬしのごとき若手が近づけば、賊の怒りを煽《あお》るだけだ」

「近づきませぬ」

「ん、どういうことだ」

「拙者、鎖竜吒《くさりりゅうた》を使います」

柏木兵馬はそう言い、懐中から長い得物を取りだす。

十二尺におよぶ長い鎖の一方に熊手の鉤爪《かぎづめ》、別の一方に鉄玉を付けた捕り物道具だ。

「よろしければ、ご覧に入れましょう」

言うが早いか、兵馬は鎖竜吒を投げつけた。

無造作《むぞうさ》に投げたかにみえたが、五間ほどさきに佇《たたず》む小者の手首に鉤爪がからみつく。

「いえい」

気合いを込めて鎖を引くと、小者は泥水のうえに引きずり倒された。

森本は、正直に驚いてみせる。

「ほほう、見事な技だな」

「ありがとう存じます。長尾さんには、賊の手首が戸の隙間から覗《のぞ》く程度まで誘いだしていただきたい。さすれば、わたしが百発百中で鉤爪をからめて進ぜましょう」

森本は顔をしかめた。

「失敗《しくじ》ったら、娘の命は危うくなるぞ」

「承知しております」

自信満々な態度に呑まれたのか、森本は頷《うなず》いた。

「よし、なれば待機せよ」

「は」

勘兵衛は森本から、朴《ほお》の葉に包んだ握り飯を手渡された。

「心して掛かれ」

「承知いたしました」

朴の包みを小脇に抱え、兵馬のそばへ身を寄せる。

「おい、若僧。手出しはするなよ」

「え」

「二度は言わぬ。わかったな」

兵馬は口を結び、返事をしない。

勘兵衛は「ふん」と鼻を鳴らし、踵《くびす》を返す。

部屋の内から、久保伝左衛門が破鐘《われがね》のような声で怒鳴った。

「何をぐずぐずしておる。握り飯はまだか」

「はいはい」

勘兵衛は泥水を撥《は》ねとばし、腰高障子に近づいた。

薄板一枚隔てた向こうへ、落ちついた口調ではなしかける。

「握り飯はここにおく。沢庵《たくあん》も付けてやったからな」

「待て。立ったまま、戸にくっつけ」

「こうか」

言われたとおりにする。

目の端に、柏木兵馬の影が動いた。

背後の連中はみな、固唾《かたず》を呑んでいる。

戸の内から、狂犬がまた怒鳴った。

「おぬし、名は」

「長尾勘兵衛だ。みりゃわかる。おのぞみどおりの老い耄れさ。安心しろ、身に寸鉄も帯びちゃいねえ」

「三寸だけ、戸を開けろ」

慎重に戸を開けると、目隠しの簾《すだれ》が垂れさがっている。

簾越しに、狂犬の眸子《まなこ》が光った。

「来るなよ。そこから一歩でも近づけば、娘の命はないぞ」

久保は板間の隅に座り、おみよを膝に抱えている。

右手に脇差を握っており、白刃の先端は柔らかそうなのどに向けられていた。

「老い耄れ、握り飯をひと口食え」

「毒味か」

「そうだよ」

勘兵衛は握り飯にぱくつき、ついでに沢庵も囓《かじ》った。

かりっと、間の抜けた音がする。
「それでいい。敷居の内に置いて戻れ」
「いやだね」
勘兵衛は敷居の外に握り飯を置き、自身はさっと戸陰に隠れる。
一方、柏木兵馬は隣家の軒下に位置取り、鎖竜吒を構えた。
息詰まるような刻が流れ、久保は「ちっ」と舌打ちする。
のっそり立ちあがり、戸際に近づいてきた。
土間に降りて立ちどまり、外の気配を探る。
慎重な男だ。
三寸の隙間から、目だけで外を覗いている。
飛びこむか。
いや、だめだ。
勘兵衛は、踏みとどまった。
やはり、隙間から手が伸びた瞬間を狙うしかない。
柏木兵馬が、ぐっと腰を落とす。
やる気満々だ。

——待て。

勘兵衛は、目で制した。

と同時に、久保の左手が隙間から覗いた。

朴の葉を取りそこね、握り飯が地べたに転がる。

「くそっ」

にゅっと、肘《ひじ》まで伸びてきた。

刹那《せつな》。

しゅるると、鎖が迫った。

鉤爪が手首にからまる。

「ぬわっ」

「やったか」

捕り方全員が快哉《かいさい》を叫んだとき、久保が凄《すさ》まじい膂力《りょりょく》で鎖を引いた。

「うわっ」

柏木兵馬はたたらを踏み、地べたに膝をつく。

「外道め」

勘兵衛は戸を蹴破り、褌一丁で躍りこんだ。

「きゃあああ」

おみよが悲鳴をあげた。

久保は左手に鎖を巻きつけたまま、右手で脇差を振りまわす。

鎖はびんと伸張し、兵馬との綱引きになった。

「老い耄れ、死ね」

狂犬は叫び、勘兵衛に斬りつける。

刃音とともに、鼻面を舐《な》められた。

下手に近づくこともできず、土間で釘《くぎ》付けになる。

「ぬおおお」

久保は喝《かっ》し、白刃を上段に振りあげた。

そして、何をおもったか、鎖に繋《つな》がれたみずからの手首を斬りおとす。

「ぐひぇええ」

鉄鎖の頸木《くびき》を逃れた途端、右手一本で娘に斬りかかっていく。

「待ちやがれ」

勘兵衛は追いすがり、後ろから片方の足首をすくった。

久保は顔から板間に落ち、潰《つぶ》れ蛙《かえる》のように這《は》いつくばる。

そのとき、柏木兵馬が躍りこんできた。

久保に背後から飛びかかり、馬乗りになる。

二の腕で首を絞めると、久保は白目を剝《む》いた。

「ぬぐっ」

落ちた。

それでも、兵馬は首を絞めつづける。

「死ぬぞ、腕を放せ」

勘兵衛はおみよを庇《かば》い、大声をあげた。

兵馬は腕を解き、興奮の面持ちで叫ぶ。

「賊を、賊を捕らえたぞ」

まるで、戦場で大将の首を獲《と》った足軽のようだ。

「うわあああ」

どっと歓声があがり、小者たちが踏みこんでくる。

引きずられていく久保は、頭陀袋《ずだぶくろ》のようだった。

土間の隅には、血だらけの腕が捨てられてある。

「みなのもの、大儀であった」

森本勇之進は凜然《りんぜん》と発し、捕り方に解散を命じた。

勘兵衛は褌一丁のまま、おみよを母親に渡す。

母親は娘を抱きよせ、泣きくずれた。

柏木兵馬は鎖竜吒を回収し、意気揚々とやってくる。

「長尾さん」

得意気に何か言おうとするのを制し、勘兵衛は拳を固めた。

「若僧、こっちに来い」

「何ですか」

差しだされた頰を、拳骨でおもいきり撲《なぐ》りつけた。

ぼかっという鈍い音がして、兵馬はぶっ倒れる。

小者たちは驚き、みてみぬふりをした。

命拾いした娘と母は、勘兵衛に頭を下げている。

「ありがとうございます、ありがとうございます」

母娘のすぐわきで、柏木兵馬は泥を嚙《か》んでいた。

若い同心の背中に、冷たい雨が突きささっている。

勘兵衛は怒りのせいで、いっこうに寒さを感じなかった。

二

翌日はよく晴れた。

立夏《りっか》と呼ぶにふさわしい日和だ。

こうした日は、水辺を歩きたくなる。

畑打ちや種蒔《ま》きの終わる八十八夜は、たいせつに仕舞っておいた釣り竿《ざお》を取りだし、立春から八十九日目の明け方は品川沖へ鱚《きす》釣りに出掛ける。それを毎年の慣例にしていたが、今年はまだその機会に恵まれていない。

勘兵衛は堀川が網目のように錯綜《さくそう》する深川へ向かい、本所や亀戸《かめいど》のほうへも足を延ばした。

夕刻になってからは日本橋へ戻り、川風に吹かれながら富士山を仰いだ。

ちょうど夕河岸の頃合いで、日本橋川の北岸に張りつく本船町から伊勢町にかけての魚河岸では、威勢の良い売り声が聞こえてきた。

天秤棒《てんびんぼう》の両端に平たい桶《おけ》を吊って担ぐ棒手振《ぼてふり》もいれば、魚台を軒先に迫《せ》りだして売る赤《あか》褌《ふん》姿の売り子もいる。問屋に雇われた請下《うけした》と呼ばれる仲買人たちは、ひと樽《たる》単位で買ってきた魚を小分けにしていた。

そうした魚河岸の喧噪《けんそう》を背にしながら、勘兵衛は神田川へ向かった。

八ツ小路の手前から右手をのぞむと、したたるような緑の枝を垂らした柳が点々と並んでいる。

柳原の土手沿いには、古着をとりあつかう葦簀《よしず》張りの見世が延々と連なっていた。

勘兵衛は古着市の賑《にぎ》わいを横目にしながら、昌平橋へ足を向けた。

橋を渡って湯島《ゆしま》へ足を延ばし、大勢の人が集まる盛り場を今日の仕上げに見廻ろうとおもった。

いつもどおり、勘兵衛は三筋格子の裾《すそ》を割り、粋な風情で橋に近づいていく。

「ん」

何者かの殺気を感じ、足を止めた。

「隠れておらずに、出てきたらどうだ」

柳の木陰に呼びかけると、小銀杏髷《こいちょうまげ》も初々しい定廻りがあらわれた。

柏木兵馬である。

勘兵衛に撲られた頰は、醜く腫《は》れあがっていた。

「なあんだ。おめえか」

「長尾さん、あなたの噂《うわさ》は聞きました」

「どうせ、ろくな噂じゃあるめえ」

「ええ。あなたは三十六年も廻り方をやってこられたにもかかわらず、これといった手柄をあげたこともない。そうやって朝から晩まで、市中をぶらぶら歩きまわっている。だから、うぽっぽ同心なんぞと、小馬鹿にされているそうですね」

「それがどうした。用があるなら、さっさと言え」

「わたしは今朝、吟味方の森本さまから直々にお褒めのことばをいただきました。鎖竜吒の技があったればこそ、物狂いの賊を捕らえることができた。町方の面目が立ったのも、わたしのあっぱれな働きがあったればこそと、手放しでお褒めいただきました」

「そいつはよかったな」

勘兵衛はつまらなそうに言い、くるっと背を向ける。

「お待ちを」

「まだ何か用か」

首を捻《ねじ》ると、兵馬は三白眼に睨《にら》みつけてきた。

「どうして、わたしを撲ったのですか」

「ああ、そのことか」

「納得がいきません。手柄をあげたわたしが、なぜ、小者たちの面前で、あなたのような人に撲られねばならぬのですか」

兵馬は顎《あご》を突きだし、斬りつけんばかりの態度で言う。

気を殺《そ》ぐように、勘兵衛は笑った。

「ぷへへ、恐え顔《こえ》をするな。おめえ、歳はいくつだ」

「二十一です」

「ふん、駆けだしのひよっこめ。小生意気な口をきくんじゃねえ。いいか、おめえは自分の手柄と娘の命を天秤にかけた。飛び道具ってな、気まぐれなものさ。ああした場面で使っちゃならねえ。だから、おれは手を出すなと釘を刺したんだ。ところが、おめえは手柄をあげてえばっかりに、一か八かの賭けに出た。娘の命なんざ、これっぽっちも考えていなかった」

じっくり間をあけ、勘兵衛はつづける。

「そいつが、おめえを撲った理由だよ。ようくおぼえておけ。人の情けを忘れた十手持ちは屑《くず》だ。盗人《ぬすっと》や人斬りより、何倍もたちがわりい。そいつをな、拳でわからせてやったのさ。まだ納得がいかねえのか」

兵馬は両方の拳を握りしめ、ぶるぶる肩を震わせている。

「あばよ」

相手の怒りを肩で躱《かわ》し、勘兵衛は歩きかけた。

おもいなおして振りかえり、にっと笑ってやる。

「おい、初鰹は食ったか」

「え」

「その面じゃ食ってねえな。新場《しんば》の夜鰹でも食いにいくか」

「い、いいえ、けっこうです」

「へへ、食いたくなったら、おれを訪ねてこい」

兵馬はふてくされ、返事もしない。

「ふん、ひよっこめ」

勘兵衛は袖をひるがえし、その場を離れた。

昌平橋を渡りながら、可笑《おか》しさが込みあげてくる。

「おれもむかしは、ああだったな」

年がら年中腹を立て、片意地を張りながら生きていた。

駆けだしのころの懐かしい思い出が、鮮明に蘇《よみがえ》ってくる。

「柏木兵馬か」

筋はいい。何色にも染まっていない清新さを感じさせる。

ただ、手柄をのぞむ過剰な野心が仇《あだ》となろう。

いずれにしろ、歯ごたえのある若僧だ。

「歓迎するぜ」

勘兵衛は意気揚々と、橋向こうに遠ざかった。

三

曇天のもと、唐茄子《とうなす》かぶりの苗売りが朝顔の苗を売りあるいている。

灌仏会《かんぶつえ》も済んだころ、勘兵衛は銀次に連れられ、大橋を渡った。

本所の竪川に架かる一ツ目之橋を渡れば、殺風景な石置場がある。

右手には大川の濁流が流れ、土手のこちらには秩父の山々から伐《き》りだされた御影石や石灰岩が積まれていた。

耳を澄ませば、人っ子ひとりいない窪地から、がつっ、がつっと、鑿《のみ》で石を砕くような音が聞こえてくる。

銀次が囁《ささや》いた。

「知りあいの夜鷹《よたか》から訴えがありやした。妙なのがいるってんで、出向いてみたら何とびっくり」

「柏木兵馬じゃねえか」

「へへ、そのとおり。玄治店の捕り物で、旦那に拳骨を食らった御仁とお聞きしやしたよ」

「それで、気に掛けてくれたわけか」

「撲られたってことは、見込みのある証拠《あかし》でやしょう。なにせ、長尾勘兵衛に撲られた同心といやあ、婿さんになった鯉さましか知りやせんからね」

銀次は、目尻に皺《しわ》をつくって笑った。この老練な岡っ引きにだけは、隠し事は通用しない。

「それにしても、何をしておられるんでしょう」

「鎖竜吒さ。人知れず、技を磨いておるのだ」

「ほう、そいつは立派なこって」

兵馬の立ったところから五間ほどさきには、灌木が何本か生えている。

灌木の周囲には石が積みあげられ、石のうえに欠け茶碗が並べてあった。

兵馬は鉤爪を投げては古木の幹にからませ、鉄玉を抛《ほう》っては茶碗を粉微塵《こなみじん》に砕いてみせる。鏨で石を砕くような音とは、茶碗が砕ける音のことだった。

「なかなか、見事な手管でやすね」

印字打ちを得手とする銀次には、兵馬の技量がよくわかるようだ。

「人のできねえことをやってのけ、上役に褒められる。そいつが、かえって厄介のもとになる」

「過信が命取りになるってことでやすね」

「そのとおり。ひよっこはまだ、過信ってものの恐ろしさをわかっちゃいねえ。ま、わかれというほうが無理かもな」

銀次は兵馬をみつめ、ぼそっとこぼす。

「あの御仁、養子らしいですよ」

「ほう、調べたのかい」

「へへ、さわりだけは」

養父の柏木辨之介《べんのすけ》は鬼籍《きせき》に入っていたが、真面目を絵に描いたような例繰方《れいくりがた》の同心だった。

「旦那もご存じでやしょう」

「名だけはな」

柏木にかぎらず、内役の連中とはほとんど付きあいがない。

「こいつは噂でやすが、柏木さまは宮司に拾われた捨て子だったとか」

「宮司に」

勘兵衛は、ぴくっと眉を動かす。

みずからの出自と重ねあわせたのだ。

勘兵衛は、じつの両親を知らない。養父母に教えられたはなしでは、亀戸天神の鳥居の根元に捨てられていたという。

宮司に拾われ、貰《もら》われていったさきが、風烈廻り同心をつとめる長尾家であった。心優しい同心夫婦は勘兵衛を一人前の男に育てあげ、住む家と働く場所をしっかり遺《のこ》してくれた。

銀次が覗きこんでくる。

「もう少し、調べてみやしょうか」

「いや、いいさ」

「旦那がそう仰《おっしゃ》るなら、放っておきやしょう」

銀次は残念そうに溜息を吐《つ》く。

ここに連れてこられた理由が、勘兵衛には何となくわかった。

勘兵衛と境遇の似通った若い同心のことが、銀次も気になっているのだ。

さりげなく、話題を変えた。

「玄治店の菜売り母娘、元気にしているかな」

「母親のおしげが、嘆いておりやしたよ」

娘のおみよはあの日以来、ことばを無くしてしまったらしい。

「喋《しゃべ》らねえのか」

「ええ、喋らねえどころか、にこりともしねえそうで」

無理もあるまい。あれだけ、恐いおもいをしたのだ。

心の傷が完全に癒えるまでには、かなりの猶予が要る。

時折、様子を窺《うかが》ってやろうと、勘兵衛はおもった。

「やっぱ、旦那はお優しい。そこまで面倒をみることもねえのに、可哀想《かわいそう》な連中のことを放っておけねえんだから」

「情けは人のためならず。こいつは自分のためさ。それに、楽しみでもあってな」

「楽しみ」

「ああ。おれは長屋の連中と会って、どうでもいいことを喋ってんのが好きなのさ」

「へへ、旦那らしいや」

銀次は好々爺《こうこうや》のように微笑《ほほえ》み、柏木兵馬をみた。

片肌脱ぎになり、飽くこともなく、鎖竜吒を抛りつづけている。

かつっ、かつっと、欠け茶碗を砕く音が風音に混じって響いていた。

「根性はありやすね」

銀次の言うとおりだ。

人知れず、黙々と鍛錬する若者のすがたは美しい。

「銀次よ、のどが渇いたな。一杯《いっぺ》え引っかけにいくか」

「おっと、そうこなくちゃ。めえりやしょう。浮世小路のどんつきに手頃な縄暖簾《なわのれん》をみつけやした」

ふたりはしばらく身を潜め、日が落ちるまえにその場を離れた。

四

新緑の狭間《はざま》を吹きぬける風が、光ってみえる。

ことばを失ったおみよのことが案じられ、勘兵衛は玄治店を訪ねてみた。

「うぽっぽの旦那じゃござんせんか」

後ろから、誰かが親しげに呼びかけてくる。

振りむけば、背の高い二枚目が立っていた。

「おめえは、浜庄《はましょう》かい」

浜町《はまちょう》河岸《がし》の金貸しだ。

名は庄兵衛だが、浜庄という屋号のほうが通りはいい。

裾の長い黒羽織をぞろりと纏《まと》い、月代《さかやき》を青々と剃《そ》っている。

粋筋《いきすじ》の女も惚《ほ》れそうな風情に、勘兵衛ですら嫉妬をおぼえた。

金貸しで善人を探すのは難しいが、浜庄はめずらしく俠気《おとこぎ》のある男だ。

貧乏人のあいだからは「善根《ぜんこん》の親分」などと持ちあげられ、本人もその気になっている。

「おめえ、玄治店に何の用だ」

「やだなあ、取りたてですよ」

「ほう、善根の親分が取りたてとはな」

「これでも金貸しですからね、たまにゃ強面《こわもて》のところもみせねえと、借り手から小馬鹿にされちまいます。旦那は」

「いつもどおりの見廻りさ」

「ほう、見廻りねえ」

ふたりは、肩を並べて歩きだす。

「こねえだの大捕り物、お聞きしやしたぜ。旦那は物狂いの侍《さむれ》えから、七つの娘を救った。しかも、褌一丁で立ちまわったと聞き、笑っちめえやした。でもね、やっぱり、うぽっぽの旦那だって、あっしは感心させられちまったんですよ。五十の齢を超えて、褌一丁で人助けのできるお役人は、まずいねえ」

「てえしたこっちゃねえ。上に命じられてやっただけのことさ」

浜庄は足を止め、真剣な顔で漏らす。

「承知しておりやすよ。でも、旦那は命じられてやったんじゃねえ。是が非でも、七つの娘を救いたかったんでしょう」

「ふふ、まあな」

「そうでなくちゃ、うぽっぽの旦那じゃねえ」

浜庄は満足げな顔で歩き、木戸門を抜けた。

勘兵衛も裾を捲《まく》り、裏長屋の内へ踏みこむ。

ふたりが向かったさきは、奥まったところに建つ稲荷のそばだ。

「何だよ。行き先は同じじゃねえか」

「へい、そのようで」

「するってえと、菜売りの嬶《かか》ぁが、おめえに借金をしていたのか」

「仕入れの元手を貸してやったんです。なあに、てえした額じゃありやせん。へへ、それじゃ、おさきに」

腰高障子を開くと、おみよがひとりでお手玉をしていた。

「よう、おっかさんはどうしたい」

浜庄が尋ねても、おみよは首を振るだけだ。

「稼ぎからまだ戻ってねえのか。なら、こいつを渡しといてくれ」

紙包みを上がり框《かまち》に置き、浜庄はそそくさと外に出てくる。

勘兵衛は、白髪の交じった鬢《びん》を掻《か》いた。

「浜庄よ、あら何だ」

「見舞金でやすよ」

「おめえ、取りたてにきたんじゃねえのか」

「それとこれとは、はなしが別ってやつで」

「ふん、おもしれえ野郎だな。気に入ったぜ」

「ありがてえ。旦那に気に入ってもらえりゃ、鬼に金棒だ」

「莫迦《ばか》にしてんのか」

「とんでもねえ。正直な気持ちを吐いたまで。旦那のようなお役人がいなくなったら、お江戸は真っ暗闇ですよ」

「けっ、お調子者め」

持ちあげられているのはわかったが、わるい気はしない。

浜庄は微笑みながら、片方の眉を吊りあげる。

「旦那はめずらしいお方だ。お役人なのに、袖の下が通用しねえ。ひとつ、とびきりのはなしをお聞かせしやしょう」

「何だよ、もったいぶりやがって」

浜庄は唇《くち》もとを舐め、声をひそめた。

「三日後の晩、神楽坂で警動《けいどう》がありやすよね。お聞きおよびですかい」

「ん、まあな。何で、おめえが知ってんだ」

「そのあたりはご勘弁を。警動をやるさきは、赤城明神の岡場所でしょう」

「ちっ、そいつがどうした」

「ひふみ茶屋の抱え主で、いりこの伊平《いへい》って野郎がおりやす。この野郎が箸《はし》にも棒にも掛からねえ小悪党でしてね、あっしも二十両ばかり貸しておりやすが、返《け》えそうともしねえ。いえね、金は持っていやがるんです。阿漕《あこぎ》な遣《や》り口で、たんまり儲《もう》けていやがるんですよ」

浜庄はこちらの様子を窺い、高い鼻を近づけてくる。

「儲けの大半は、どこにいっているとおもいやす。町奉行所のさるお偉い方のところだそうですよ。それが誰かは申せませんが、警動の一件もそこから伊平に筒抜けってわけで」

「何だと」

「あの野郎、女郎たちに稼がせた大金を抱え、ひとりだけ逃げおおせる腹なんだ」

勘兵衛は、唸《うな》るように吐きすてる。

「おめえ、どうして知っていやがる」

「へへ、蛇の道はへびってね」

「何で、おれに教えるんだ」

浜庄は、ほっと溜息を吐いた。

「どうにかしてほしいんですよ。あっしは伊平のことなんざ、どうだっていいんだ。正直、貸した金もくれてやっていい。ほんとうの悪党は裁く側にいる。ちがいますか。あっしはね、うぽっぽの旦那に町奉行所のどぶさらいをやってほしいんですよ」

勘兵衛は口をぽかんとあけ、浜庄を眩《まぶ》しげにみつめた。

おもいがけず、金貸しから言われたことばが、胸に突きささったのだ。

「ぬへへ、そうですよね。ま、ためしに言ってみたまでのことなんで、お気になさらねえように」

「無理言うない」

「旦那、いかがです」

浜庄の本心は、勘兵衛にも充分に伝わった。

しかし、安請けあいはできない。

きっちり証拠を摑《つか》まないかぎり、いや、かりに確たる証拠を摑んだとしても、町奉行所の「お偉い方」に気安く手出しはできない。

木戸門を出たところで、ふたりは左右に別れた。

何とも言えず、情けない気分だ。

気分をいっそう重くさせるかのように、冷たい雨が降ってきた。

五

三日後、夜。

大掛かりな出役《でやく》になると、きまって雨が降る。

しかも、天の底が抜けたような大雨に、勘兵衛は辟易《へきえき》した。

神楽坂のいただきから見下ろすと、町は巨大な水桶《みずおけ》に沈んだように感じられる。

「そろそろ、合図が出るころだな」

銀次が隣でつぶやいた。

指揮与力の合図とともに、五十人余りの捕り方が一斉になだれこむ。

行く手にあるのは、安価な女郎屋が軒を連ねるひふみ茶屋。江戸に点在する岡場所のなかでも規模の大きいほうだが、警動に選ばれた理由は判然としない。上の連中があみだくじで決めたと囁く者もあったが、たしかに、その程度のことかもしれなかった。

「指揮十手の旦那、ずいぶん迷っておられやすね」

警動を司るのは森本勇之進、玄治店の取りこもりを指揮した吟味方与力にほかならない。

森本のかたわらには、今日も猪首の山中陣内がいる。

「あの腰巾着め」

先日も貧乏人の訴えを握りつぶしたと、勘兵衛は銀次に聞いていた。

とある商家の主人が下女に手をつけて孕《はら》ませたあげく、神社の本殿へ通じる石段の上から突きおとした。さいわい下女は命をとりとめたものの、腹の子は流れてしまった。怒った下女の母親が訴えを起こしたにもかかわらず、山中の一存であっさり斥《しりぞ》けられた。商家の主人から袖の下を貰ったことは、火をみるよりもあきらかだった。

「ああした手合いは、反吐《へど》が出る」

罰せられるべき者が、金の力で救われる。

そのようなことは、けっしてあってはならない。

あってはならないことが、平気でまかりとおっている。

山中陣内のような役人こそが、世の中を悪くする元凶なのだ。

ぎりっと、勘兵衛は奥歯を噛みしめる。

捕り方の群れに目を向ければ、柏木兵馬の顔もあった。

口を真一文字に結び、女郎屋の一角を睨みつけている。

最前列でじっと身構えるすがたは、一番槍《やり》を狙う荒武者のようだ。

「あのひよっこ、また手柄を狙っていやがる」

勘兵衛は舌打ちしつつも、新米の一所懸命さを頼もしく感じていた。

酸《す》いも甘いも噛みわけてきた自分のような古株には、二度とああした目の輝きを放つことはできまい。

「羨《うらや》ましいな」

ほっと漏れたひとことが、雨音に紛れていく。

銀次は、白髪まじりの眉を寄せた。

「腕の立つ用心棒が一匹いるらしいですよ」

「ふふ、そいつは厄介だな」

暢気《のんき》そうに会話を交わしていると、森本の号令が発せられた。

「者ども、掛かれい」

「うわあああ」

捕り方がなだれを打って、女郎屋へ躍りこむ。

女や客が見世から飛びだし、泥まみれになって逃げまわった。

「警動だ、逃げろ」

逃げるほうは必死だった。

みつかって縄を打たれたら、女郎は奴《やっこ》となって吉原へ送られ、何年もただ働きを強いられる。一方、客にも何らかの罰は与えられよう。

粗末な小屋は一掃され、この一帯は更地になる。

赤城明神の周辺から、岡場所の痕跡を消す。

それが、町奉行所の狙いなのだ。

「ひとりも逃すな。引っ捕らえろ」

ざんざん降りの雨のなか、森本は声を嗄《か》らしている。
さきほどから、浜庄の吐いた台詞が気になっていた。
――警動の一件もそこから伊平に筒抜けってわけで。
真実ならば、抱え主の伊平を捕らえることはかなうまい。
だが、あれこれ考えている余裕はなくなった。
泥濘《ぬかるみ》と化した一帯には、悲鳴と罵声《ばせい》が錯綜している。
花色模様の着物を泥に染めた女郎たちは、優に三十人を超えていた。
小屋に隠れている者もふくめれば、どれだけ増えるか予測もできない。
客のなかには酔客も大勢おり、なかには激しく抗《あらが》う浪人者もあらわれた。
「うわっ、ひとり斬られたぞ」
小者が叫んでいる。
みやれば、白刃を握った痩《や》せ浪人が暴れまわっていた。
用心棒であろうか。それとも、客なのか。判別できない。
「刺股《さすまた》で突け」
「袖搦《そでがらみ》を差しだせ」
四方から指示が飛び、小者は三つ道具を繰りだす。

浪人は強かった。

しかも、手負いの猪《いのしし》だ。

とうてい、ひと筋縄ではいきそうにない。

「拙者にお任せを」

押しでてきたのは、柏木兵馬であった。

鎖竜吒を頭上でぶんぶん振りまわすと、ほかの連中は後ろに下がる。

「えい」

数間《すうけん》の間合いから投擲《とうてき》された鉤爪が、浪人の鍔《つば》もとにからみついた。

「ちくしょうめ」

浪人は血走った眸子を剝き、狂犬のように吠えまくる。

「今だ、梯子《はしご》を持て」

山中が叫び、小者たちが左右から梯子を突きだした。

浪人は動きを封じられ、とどめの突棒で腹を剔《えぐ》られる。

「それい、今だ」

小者たちが殺到するなか、別の声が背後で響いた。

「こっちにもいるぞ」

すかさず、勘兵衛は走りだす。

兵馬も負けじと、駆けてきた。

袋小路のどんつきで、髭面《ひげづら》の浪人が刃を振るっている。

「ぎゃっ」

小者がひとり斬られ、泥水のなかに倒れた。

こっちが用心棒だなと察し、勘兵衛は慎重に近づいていく。

兵馬が何も言わず、後ろから猛然と追いこしていった。

「おい、待て」

呼んでも止まらず、用心棒と対峙する。

どうやら、鎖竜吒は捨ててきたようだ。

兵馬は刃引刀を抜き、闇雲に斬りかかった。

「ぬりゃ……っ」

相手は手負いだが、物腰から推すとかなりの遣い手だ。

兵馬は返しの一撃を食らい、どっと尻餅《しりもち》をついてしまう。

「死ねい」

用心棒が大上段に構えた瞬間、駆けてきた銀次が礫《つぶて》を投げた。

礫は眉間《みけん》に当たり、割れた額から血が噴きだす。

それでも、用心棒は倒れない。

二尺三寸ほどの刀を掲げ、兵馬を見下ろしている。

「ふりゃ……っ」

気合一声、白刃が振りおろされた。

「南無三《なむさん》」

兵馬はたぶん、死の恐怖を味わったことだろう。

つぎの瞬間、用心棒は低く呻《うめ》き、がくっと両膝をついた。

風のように迫った勘兵衛の十手が、鳩尾《みぞおち》に深々と埋めこまれている。

「ひよっこ、怪我《けが》はねえか」

腕を取ろうとすると、乱暴に振りはらわれた。

「助っ人は無用に願います」

兵馬は泥だらけの顔で、怒ったように吐きすてる。

勘兵衛は、小馬鹿にしたように笑った。

「おめえ、助けてなきゃ死んでたぞ」

「そうともかぎりません」

兵馬は強気の態度をくずさず、気絶した用心棒を後ろ手に縛りつける。

なかなかの捕縄術だ。かなり練習したのだろう。

勘兵衛は、にっこり笑った。

「おめえの手柄だ。堂々と引っぱっていけ」

兵馬は礼も言わず、黙って頭を下げた。

口惜《くちお》しげな横顔に、感謝の色は微塵もない。

兵馬が去ったのを見届け、銀次がぺっと唾《つば》を吐く。

「何だ、あれ。せっかく、旦那が助けてやったのに」

手柄をひとりじめしてでも、森本に褒められたいのか。

困ったやつだなと、勘兵衛はおもった。

六

南茅場町《みなみかやばちょう》、大番屋。

卯《う》の花腐《くだ》しの長雨が、色付きはじめた藤棚を濡らしている。

近在の百姓たちが田植えの仕度に追われ、眠りから目覚めた蚕が桑の葉を食べるようになると、鬱陶《うっとう》しい梅雨の到来を感じる。家々では湿気を除くべく、菊に似た植物の根を乾燥させた蒼朮《そうじゅつ》を焚《た》きはじめた。

卯月には銚子沖か鎌倉沖で獲れた初鰹を食べ、梅雨時は蒼朮を焚いて乗りきり、三伏《さんぷく》の猛暑には鰻《うなぎ》の蒲《かば》焼きを食べて精をつける。それが夏の正しい過ごし方だと偉そうに言ったのは、頑固者の仁徳だ。

ともあれ、こんな日に大番屋で籠もっていると、心まで腐ってくる。

かといって、雨中をずぶ濡れで歩きまわるのも億劫《おっくう》だ。あとで節々が痛くなるのはわかっている。

「歳は取りたくねえな」

勘兵衛はつぶやき、冷めかけた煎茶を啜《すす》った。

赤城明神前の警動が、遥かむかしの出来事に感じられてならない。

浜庄が言ったとおり、抱え主の伊平はすがたをくらまし、いまだ行方知れずとなっていた。奉行所内に内通者がいたのだという噂も囁かれたが、それは噂の域を出るものではなく、警動の陰で潤っている者の正体は判明していない。

口惜しい気もしたが、敢《あ》えて追及しようとはおもわなかった。

奉行所の役人どもは、多かれ少なかれ、毒水を啜っている。

そうした輩《やから》をひとりずつ捕まえていったら、仕舞いにはひとりの役人もいなくなる。情けないはなしだが、それが今の世の中だ。

石置場で人知れず鍛錬を重ねていた柏木兵馬の清新さが、勘兵衛には貴重なものにおもえてならない。

「あのまま、経験を積んでいってくれれば」

近い将来、ひとかどの同心になってくれることだろう。

ただし、出世を望む余り、道を外してしまうことだけが案じられた。

雨音を聞くともなしに聞いていると、小者同士の会話が耳に飛びこんできた。

「聞いたか。新場にある魚問屋、沖屋《おきや》の金蔵が破られたそうだ。驚くなかれ、盗まれたのは四千両だとよ」

「ほほ、そりゃすげえ」

「盗んだお宝はたしかにすげえ額だが、捕まっちまったら元も子もねえ。金蔵が破られたな明け方だ。それから二刻もしねえうちに、賊は捕まったらしい」

「大手柄じゃねえか。ところで、捕まったな、どこのどいつだって」

茶飲み話の風情だが、つぎに発せられた台詞は、勘兵衛を仰天させた。

「捕まったな、浜町河岸の金貸しらしいぜ。ほれ、善根の親分なんぞと呼ばれている浜庄さ」

「げっ」

おもわず、勘兵衛は声をあげた。

小者たちに向かって、怒鳴りつける。

「誰だ。浜庄に縄あ打ったな、どこのどいつだ」

迫力に気圧《けお》され、ひとりが声を震わせた。

「定廻りの柏木兵馬さまと聞いております」

「何だと」

「吟味方与力の森本さまが、ご命じになられたとか」

「おめえら、柏木兵馬の行き先を知らねえか」

「さあ、存じあげません」

「だったら、浜庄はどこにいる」

「伝馬町の牢屋敷に」

仕舞いまで聞かず、勘兵衛は腰をあげた。

雪駄を履いて番傘を摑み、外へ飛びだす。

雨は行く手を阻むかのように、音を起《た》てて土を穿《ほじく》っている。

ばさっと傘をさし、勘兵衛は大股で歩きだした。
迂回路《うかいろ》を避け、鎧《よろい》の渡しから屋根無しの小船に乗る。
舳先《へさき》に座り、乱暴に傘を開いた。
器用に艪《ろ》をこねる船頭は、簑笠《みのかさ》を着けている。
「旦那、鬱陶しいったらありゃしやせんぜ」
顔見知りの親爺だ。のんびり笑いかけてくる。
勘兵衛は応じず、浜庄の笑顔を頭に浮かべた。
「あの野郎は盗《と》ってねえ。そうにきまっている」
だとすれば、誰かに塡《は》められたのだ。
なぜ、下手人に仕立てあげられたのか。
いったい、どこのどいつが罠《わな》を掛けたのだろう。
一刻も早く真相を探り、助けてやらねばなるまいと、勘兵衛はおもった。
罪もない男が土壇に引きずられていくのを、黙って見過ごすわけにはいかない。
「旦那、着きやしたよ」
船頭が間抜けな声を漏らした。
勘兵衛は裾を持ちあげ、桟橋に飛びおりる。

雨中を足早に突っきり、小網町《こあみちょう》から芝居町の脇を抜けていく。

「ふん、ぜったいにあるはずがねえ」

もういちど、勘兵衛は吐きすてた。

貧乏人から「善根の親分」と慕われる浜庄が盗みをはたらくことなど、ましてや、金蔵を破ることなど、ありえない。

もちろん、世の中にありえないはなしはない。

善人の仮面をかぶった者は大勢いるし、善人であっても罪を犯すことはある。

外見で人を信じるなと自戒しても、勘兵衛は冷静でいられなかった。


信じたくはなかったが、浜庄は牢に繋がれていた。

早朝、唐丸籠《とうまるかご》で護送されてきたらしい。

紺の印縄《しるしなわ》で雁字搦めに縛られており、入牢《じゅろう》証文を携えた付きそいの同心は柏木兵馬であった。放りこまれたのは拷問蔵に近い西の大牢《おおろう》で、すでに、自白を促す責め苦が一度おこなわれていた。

勘兵衛は罪人の入牢に付きそって、何度も牢屋敷を訪れている。

牢内の諸々を仕切る牢屋同心とは、つうかあの間柄だ。

なかでも、古参の島村主計《しまむらかずえ》とは気心の知れた仲なので、無理を言って浜庄との面会を許してもらった。

「わずかだけだぞ」

「ふむ、すまぬな」

大牢から外鞘《そとさや》に出された浜庄は、無残にも両瞼《りょうまぶた》を腫らしていた。

それだけでも、責め苦の過酷さはみてとれる。

浜庄は勘兵衛のすがたをみつけ、なかば閉じた目を潤ませた。

「だ、旦那……ど、どうしてここへ」

「そいつは、こっちが聞きてえ。おめえ、沖屋の金蔵を破ったのか」

「と、とんでもねえ。濡れ衣ですぜ。誰かが、嵌めやがったんだ」

「しっ、滅多なことを口にするな」

「でも、旦那、あっしはやってねえ……し、信じてくだせえ」

必死に懇願する浜庄には、いつもの人を食ったような余裕はない。

勘兵衛は一歩近づき、裾を割って屈《かが》みこんだ。

「信じているともさ。そうでなきゃ、わざわざ来やしねえ」

「あ、ありがとうごぜえやす。旦那だけが命綱だ……お、お願《ねげ》えだ。助けてくだせえ。一刻も早く、ここから出してくだせえ」

「可哀想だが、当分は無理だぜ。疑いが晴れるまで、おめえは辛《つれ》え責め苦に耐えなくちゃならねえ」

勘兵衛はじっと浜庄の目をみつめ、嚙んでふくめるように諭《さと》す。

「いいか。罪を認めたら終わりだ。自分が盗んだと吐いた三日後にゃ、土壇行きだぜ。そいつを肝に銘じておけ」

「へ、へい」

「責め苦は辛えぞ」

日ごとにひどくなる。

死んだほうがましだと、たいていの者はおもうようになる。

それが責める側のやり口なのだと諭すと、浜庄はしっかり頷いた。

「わ、わかりやした」

「おめえなら、耐えられる。負けるんじゃねえぜ。おめえへの疑いは、おれがきっと晴らしてやる」

「う……うう」

大の男が泣きだした。

勘兵衛は顔を近づける。

「昨日の晩、どこにいた」

「女のところに」

「名は」

「おはつ。妾《めかけ》でやす」

「住まいは」

「橋町の裏店で」

「よし、訪ねてみよう」

背後から、島村がそっと声を掛けてきた。

「長尾、そのくらいにしておけ」

勘兵衛は身振りで謝り、もういちど念を押す。

「いいか。何があっても、あきらめるんじゃねえぞ」

「へい」

浜庄は両手をつき、床に額を擦りつけた。

「顔をあげろ」

勘兵衛はさっと手を伸ばし、汚れた袖口に一分金を滑りこませる。
「あ」
驚いた浜庄を制し、無言で頷いてやった。
牢内では「ツル」の多寡《たか》で待遇がきまる。
役人の責め苦以外でも、命を落とす危うさは潜んでいた。
浜庄は洟《はな》まで垂らし、震える手で勘兵衛を拝んだ。
島村主計が凜然と発した。
「よし、終わりだ」
命じられた下男《しもおとこ》たちが、外鞘に入ってくる。
浜庄は口をきりっと結び、しっかりと頷いてみせた。
いかに屈強な男であっても、半月保《も》てばよいほうだろう。
猶予はない。
勘兵衛は島村に礼を述べ、牢屋敷を後にした。

七

あいかわらず、鬱陶しい雨は熄む気配もない。

事の経緯《いきさつ》を糺《ただ》すべく、柏木兵馬を捜したが、兵馬は朝から見廻りに出ており、夕刻にならねば大番屋へ戻ってこないらしい。

鯉四郎と銀次に事情を告げて助っ人を仰ぎ、勘兵衛は急ぎ女のもとへ向かった。

訪ねるまえに近所で聞きこみをしてみると、おはつという妾には五つの男の子があった。

浜庄の子ではないが、懐《なつ》いているという。

のちに知ったことだが、浜庄に実子はなく、十数年連れそった恋女房とは三年前に死別していた。おはつを正妻にしてもよさそうなものだが、他人にはあずかり知らぬ事情でもあるのだろう。

橘町は町芸者が多く住むところだ。

茶屋の並ぶ表通りは華やかで、裏通りには置屋《おきや》や三味線屋なども見受けられる。

浜庄は袋小路のどんつきに建つ一軒家を借り、おはつと連れ子を住まわせていた。

黒板塀に見越しの松、訪ねてみれば妾宅《しょうたく》とすぐにわかる構えだ。

独り身の浜庄が妾を囲っているのは、亡くなった女房の面影を引きずっているからかもしれない。

ふと、そんなふうにおもった。

勘兵衛には、わかるような気がするのだ。

誰にでも、人生でひとりやふたりは忘れられない女がいる。

ましてや、その女が天に召されたとすれば、思慕の深さは言葉に尽くせぬものがあろう。

勘兵衛は番傘をたたんで門を抜け、玄関の戸を敲《たた》いた。

音もなく戸が開き、櫛《くし》巻き髪の年増が蒼白《あおじろ》い顔をみせた。

「おはつさんかい」

「はい、そうですが」

「ごめんよ、邪魔するぜ」

おはつは受け気味の唇もとを半開きにし、細長い首をわずかに傾《かし》げる。

粋な風情だ。浜庄が惚れるのも無理はない。

勘兵衛は座敷への誘いを断り、上がり端《はな》に尻を降ろす。

「驚かして、すまねえな」

「あの、どのようなご用件でしょう」

おはつは、あきらかに動揺している。

勘兵衛はわざと、厳しい眸子で睨みつけた。

「何の用で来たのか、見当がつかねえのかい」

「は、はい」

「庄兵衛が牢送りになったぜ。魚問屋の金蔵を破ったんだとよ」

「げえっ」

おはつは、腰を抜かさんばかりに驚いた。

演技ではあり得ない。

とすれば、最初にみせた動揺は何だったのか。

勘兵衛は、はかりかねた。

「昨晩、庄兵衛はここに来たな」

「え」

「ちがうのか」

「ま、まいりました。たしかに、町木戸の閉まるころまでは、いっしょにおりました」

勘兵衛は、眉をひそめる。

「ふうん、朝までいっしょじゃなかったのかい」

「はい。あのひと、いつも亥《い》ノ刻までに帰っちまうから」

おはつは下を向き、消え入りそうな声を漏らす。

わかりやすい女だ。

嘘《うそ》を吐いているなと、勘兵衛は察した。

が、どうして、嘘を吐かねばならないのか。

おはつは、上目遣いにこちらをみた。

「あのひと、どうなってしまうのでしょう」

「そいつは、おめえ次第だな」

「え、わたし次第」

「ああ。おめえが朝までいっしょだったと白州で証言すりゃ、助かる見込みはあるかもしれねえ」

勘兵衛に探るような眼差《まなざ》しを向けられ、おはつはまた下を向く。

「お白州に行くのを拒んだら、あのひと、どうなるんです」

「まず、打ち首は免れめえ」

ごくっと、おはつは唾を呑みこんだ。

しかし、口を開こうとはしない。

何らかの強い意志が、告白を阻んでいる。

「どうした。おれでよけりゃ、相談に乗ってやるぜ」

「いえ、いいんです」

「何がいいんだ」

「お役人は信用できません」

きっぱりと断言され、勘兵衛は可笑しくなった。

「そいつは、浜庄の口癖だろう」

「仰るとおりです」

「わかったよ。喋る気になったら、八丁堀の地蔵橋を訪ねてくれ」

「八丁堀の地蔵橋」

「ああ。臨時廻りの長尾勘兵衛と告げりゃ、誰かしら教えてくれる。満天星《どうだん》の垣根に囲まれた家だ。表店は金瘡医《きんそうい》の看立所《みたてどころ》だから、すぐにわかるだろうさ」

「あの、もしや、あなたさまは、うぽっぽの旦那では」

「ああ、そう呼ばれているかもな」

おはつはぱっと顔を輝かせ、膝を躙《にじ》りよせてくる。

「あのひとから、旦那のことを聞いたことがあります。町奉行所のなかで、唯一、うぽっぽの旦那だけは信用できるって」

「ほうかい。そいつは光栄だな」

「あの」

おはつは何か言いかけ、ことばを呑みこんだ。

やはり、どうしても、告白できない事情があるらしい。

勘兵衛は、仏のように微笑んだ。

「焦ることはねえ。じゃあな。待っているぜ」

尻を持ちあげ、背中を丸めて外へ出る。

門を抜けて番傘を開き、二、三歩進んだ。

振りかえってみれば、おはつが濡れるにまかせて佇んでいる。

むっちりした腰の脇には、芥子《けし》坊主の幼子がしがみついていた。

五つの子であろう。

おはつは口を結び、我が子をぎゅっと抱きよせる。

「母親の顔だな」

勘兵衛は軽く頷き、番傘をひるがえした。

八

南茅場町、大番屋。

夜の闇が深まっても、柏木兵馬は戻ってこなかった。

ふらりと訪れたのは、鬼与力の異名をもつ門倉角左衛門《かどくらかくざえもん》だ。

外見は仁王のようで、口調も突っ慳貪《つけんどん》だが、吟味方与力のなかでは唯一、勘兵衛の意見に耳を貸してくれる。南町奉行根岸肥前守《ねぎしひぜんのかみ》秘蔵の内与力でもあり、極めて有能な遣り手だけに、奉行所内では敵も多い。

「長尾、久しぶりだな」

「はあ、こんな刻限に来られるとはおめずらしいですね」

「ちょいと、新場の居酒屋で引っかけてきたのよ」

「なるほど、酔い覚ましですか」

「まあ、そんなところだ。新場の夜鰹を食ってきたぞ。鎌倉沖で獲れたやつだ。親爺が上手におろして、たたきにしてくれた。そいつをな、生姜醤油《しょうがじょうゆ》でぺろっと食うのさ。脂がのっておってな、ありゃ極上の味だな」

じゅわっと、唾が溢れてくる。

「おや、まだ食っておらぬのか」

「はあ」

勘兵衛の羨ましげな顔を眺め、門倉は芯から嬉《うれ》しそうだ。

「ふへへ、鰹はやっぱ初物にかぎるぜ。なあ」

勘兵衛には、阿呆《あほう》のように値の張る初鰹を食べる習慣はない。

だが、毎年、鰹を食べるまでは、どうも気分が落ちつかない。

門倉は格別に用事もない様子で、風のように去っていった。

と、そこへ。

鯉四郎が戻ってきた。

金蔵破りのあらましと浜庄が捕まった経緯を調べてきたのだ。

勘兵衛は鰹を頭から追いはらい、娘婿のはなしに耳をかたむけた。

新場の沖屋で金蔵破りがあったのは昨日未明、家人のまだ寝入っているころだった。

賊は屋根瓦を剝《は》がして天井裏から忍びこみ、千両箱を四つ運びだしたらしい。

「四つもか」

「はい」

小判の詰まった重さ六貫目にもなる千両箱を四つも、たったひとりで運びだせるわけがない。

賊はふたりで、そのうちのひとりが浜庄であったという。

「奉公人が厠《かわや》に行ったついでに、賊を目にしておりました」

喜助《きすけ》という古株の手代だった。手代の証言が決め手となり、浜庄は早々にしょっ引かれたのだ。

「庄兵衛は従前から、沖屋に出入りしていたそうです」

「ほう」

主人の幸太夫《こうだゆう》から気に入られ、商いの元手を借りていた節もある。

「同郷の間柄だったとか」

「生まれはどこだって」

「小田原です」

「ふうむ」

勘兵衛は、渋い顔で腕組みをする。

「とりあえず、喜助に会うか」

「それは無理です」

鯉四郎は、困った顔をする。

喜助は気鬱の病を患い、実家へ帰されたのだ。

「何だと」

声を荒らげたところへ、銀次が飛びこんできた。

「旦那、おもしれえことがわかりやした」

「おう、どうしたい」

「浜庄と懇《ねんご》ろのおはつですが、三年前まで岡場所に沈んでおりやしてね、そんときの抱え主が、いりこの伊平だったそうで」

「ひふみ茶屋の抱え主か」

「へい」

三日前、伊平らしき男が、おはつのもとを訪ねていた。

「対面で乾物屋をやっている歯抜け婆《ばばあ》がみておりやした」

「待ってくれ。浜庄は伊平のことを知っておったぞ」

「え、そうなんで」

「二十両ばかり、貸しておったらしい。返ってこなくてもいいと言っていたな。ひょっとすると、おはつに逢わせねえための手切れ金だったのかも」

「三年前におはつを身請けしたのは、浜庄かもしれやせんね」

「たぶん、そうだな」

銀次の当て推量は、あながち外れてはいまい。

三年前といえば、浜庄が恋女房を病気で失ったころだ。淋《さび》しさを紛らわせるために岡場所へ通い、おはつに出逢ったことは充分にあり得る。

勘兵衛は、母親にしがみつく幼子の顔を思い出した。

「あれは、伊平の子か」

「だとすりゃ、子に逢いてえばっかりに、おはつを訪ねたのかも」

「いや、ちがうな。大勢の女郎を泣かしてきた伊平のような小悪党が、涙の対面をのぞむとはおもえねえ」

「だったら、訪ねた狙いは」

「さあな」

ともあれ、おはつは伊平との関わりを断つことができなかった。

「妾にしてやったおはつが、伊平と隠れて逢っている。浜庄が知ったら、おもしれえはずはねえな」

銀次の言い分はもっともだが、勘兵衛はそうおもわない。

庄兵衛は勘の良い男だ。すべて、お見通しだったような気がする。

「広い心で、許していたってわけでやすか」

「おはつの気持ちが伊平に向いちゃいねえってことを、庄兵衛はちゃんとわかっていたのさ」

そうしたおり、金蔵破りの疑いが掛けられた。

「あいつ、誰かに嵌められたと言ってたな」

「誰かってのは、伊平でやしょうか」

「わからねえ」

「伊平の野郎、金蔵破りに関わっているのかもしれやせんよ。おはつが嘘を吐いたな、たぶん、伊平のせいだな。役人に何を訊《き》かれても余計なことは喋るなと、脅されていたのかもしれねえ」

「ふむ」

勘兵衛は頷き、遠い目をした。

「そういえば、浜庄はひふみ茶屋の警動がらみで、伊平から袖の下を貰って見逃がした役人がいると言っていた」

「誰なんです。袖の下を貰った相手ってな」

「わからねえ」

「旦那。浜庄をしょっ引いたのは、鎖竜吒の御仁だってじゃねえですか」

「ふむ、柏木兵馬だ」

兵馬に捕縛を命じたのは、吟味方与力の森本勇之進であった。

横でじっとはなしを聞いていた鯉四郎が、ごくっと唾を吞みこむ。

「義父上《ちちうえ》。まさか、森本さまが伊平と繫がっていたとか」

警動を逃れるために、伊平は袖の下をたんまり使った。

そのとき、森本勇之進や腰巾着の山中陣内と繫がりをもったのかもしれない。

伊平にとって、裏事情を知る浜庄は目の上のたんこぶだった。ゆえに、森本らとはからい、浜庄を塡めるべく、金蔵破りの下手人に仕立てあげた。

勘兵衛は、そうした筋を描いてみせる。

「沖屋の金蔵を破ったのは、じつは、いりこの伊平だった。義父上、そういうことでしょうか」

首をかしげる鯉四郎の問いに応じたのは、銀次のほうだった。

「いくら何でも、そいつは無理筋ですぜ」

たしかに、そのとおりだ。

今のところ、伊平が金蔵破りに関わった証拠はどこにもない。

だが、まったくあり得ない筋でもないと、勘兵衛はおもった。

九

鯉四郎と銀次に調べを頼み、勘兵衛は本材木町へ向かった。

楓川《かえでがわ》に架かる海賊橋を渡り、江戸橋へ少し近づくと、新場と呼ばれる河岸へ出る。

第四代将軍家綱の治世下、日本橋川の北寄りにある本魚河岸に対抗して築かれた。新雑魚場を縮めて新場と通称されるようになったが、この河岸には相州の三浦三崎や金沢沖で獲れた近海物が荷揚げされる。

本船町や小田原町など本魚河岸ほどの賑わいはないが、そちらへまわされる遠海産より味は勝る。少なくとも、新場ではたらく連中はそう自負しており、ことに近海の鰹が獲れる今時分は対抗意識を剝きだしにし、夜も煌々《こうこう》と灯りを点《つ》けて商いをする。

これが、新場の夜鰹と呼ばれる名物市であった。

さすがに夜更けになれば、河岸は嘘のように静まりかえる。

勘兵衛は寒そうに懐手で歩き、頑《かたく》なに閉じた沖屋の表戸を敲いた。

「おい、開けろ。誰かいねえか」

「へい、ただいま」

応対にあらわれたのは、間抜け面の手代だ。

取次を請うと、主人の幸太夫は寄合から戻ってきたところで、少しだけなら会ってもらえるという。

「ふん、偉そうに」

ぶつぶつ文句を言いながらも、奥の座敷へ招じられていった。

しばらくすると、肥えた身を羅紗《らしゃ》の羽織で包んだ五十男が顔を出した。

「おいでなされまし。手前が主人の幸太夫にござります」

沢蟹《さわがに》のように、口から泡を飛ばす。

「あの、失礼ながら、どちらさまで」

「南町の臨時廻り、長尾勘兵衛だ」

「臨時廻りの長尾さま。は、何のご用でしょう」

無理に笑ってみせるが、目だけは笑っていない。

勘兵衛は、巧みに嘘を吐いた。

「金蔵破りの一件だが、ちと妙なことになりそうでな」

「妙なこと」

「ふむ。じつは、牢送りになった男が解きはなちになるらしい」

「え、それはまたどうして。捕まった浜町河岸の金貸しは、もうすぐ罪を認めるだろうと、さようにお聞きしましたよ」

「ほう、誰に聞いた」

「同心の山中陣内さまで」

名を漏らしたそばから、沖屋はしまったという顔をする。

「ふうん、山中どのがなあ」

勘兵衛は、惚《とぼ》けた顔で相槌《あいづち》を打った。

「ところで、盗人をみた奉公人ってのは誰だ」

「手代の喜助にございます」

「古株か」

「もう、八年になりますか」

「会わせてくれ」

「え、また何で」

勘兵衛は、わざとらしく首を捻《ひね》った。

「妙だとはおもわぬか。賊は布で顔を覆っていたのだ。にもかかわらず、どうして金貸しの浜庄だとわかったのか。そのあたりを、確かめたくてな」

　沖屋はみるまに、険しい顔になった。

「長尾さまは、喜助のことを疑っていなさるので」

「いや、そうではない。調べ帳に詳しい記述がなかったものでな。いちおうは調べておかぬと、夢見がわるいのさ」

「夢見がわるい。なるほど、真面目なお方ですな。残念ながら、喜助はおりません。お取り調べのあと、からだをこわして休みたいと申すので、暇を出してやりました」

　勘兵衛は、阿呆のように驚いてみせる。

「すると、江戸にはおらぬのか」

「お取り調べで執拗《しつよう》に糺され、気持ちが萎《な》えてしまった。何日か休みを取って、生まれ故郷で骨休みしたいと申しておりました」

「そいつを認めてやるたあ、ずいぶん奉公人に甘《あめ》えじゃねえか」

「昨今の連中は叱ってばかりいると、すぐに辞めちまいます。せっかく商いを覚えたところで辞められては、こっちも困りますからね。ある程度は甘やかさないと、働き手がいなくなってしまうもので」

苦しい言い訳を吐きながら、沖屋は額に汗を滲《にじ》ませる。

「そんなもんか。ちなみに、喜助の生まれ故郷はどこだ」

「相州磯子《いそご》の杉田村ですが。まさか、足を延ばすおつもりで」

「行くはずがねえだろう。廻り方はよほどのことでもねえかぎり、朱引きの外へ出ていかねえ。路銀は自分持ちだしな」

「さようですか」

沖屋は安堵《あんど》したように、ほっと溜息を吐く。

勘兵衛は、相手の動揺を見逃さなかった。

杉田村に何かあるなと、確信めいたものを抱いた。

それだけではない。金蔵破りには裏があると察したのだ。

「長尾さま。ほかに、何かご用はございますか」

慇懃《いんぎん》な態度で問われ、勘兵衛は首を横に振る。

「いいや、手間を取らせちまったな」

腰を浮かせかけると、沖屋は膝を寄せてきた。

「お待ちを。長尾さまは、何かご存じなのですか」

「ん、なぜ、そのようなことを聞く」

さらに膝を躙りよせ、沖屋は声をひそめる。

「手前にとって価値のある内容なら、是非、お聞かせ願えませぬか」

「教えたら、どうなる」

「内容次第では、報酬を差しあげましょう」

「へへ、袖の下をやるから、口を噤《つぐ》んでろってことか」

「平たく申せば、そうなります」

悪徳商人は、みずから善人の仮面を剝ぎとった。

ふてぶてしい顔でひらきなおり、三白眼に睨みつける。

勘兵衛は、ふんと鼻を鳴らした。

「食えねえ野郎だぜ」

「とりあえずは、これを」

袖口に手を突っこまれた。

ずんと、重くなる。

「十両はありそうだな」

金を突っかえし、唾を吐きかけてやりたかったが、ここはひとまず、疑われぬように預かっておこう。

「じゃあな、また来るぜ」

勘兵衛は立ちあがり、部屋をあとにした。

おおかた、塩を撒《ま》かれるにちがいない。


店から出たところで、勘兵衛はおもわぬ男から声を掛けられた。

「おっと、うぽっぽじゃねえか」

横柄な口の利き方をするのは、山中陣内である。

山中の背後には、柏木兵馬が影のように控えていた。

「老い耄れめ、沖屋に何か用か」

「別に」

「わかったぞ。牢屋敷で浜庄に面会した同心ってな、おめえのことだな」

「それがどうした」

「放っちゃおけねえ。金蔵破りの下手人と勝手に喋りやがって。おめえ、浜庄の何なんだ。

ひょっとして、やつは金蔓《かねづる》か。ほほ、図星らしいな」

「そっちこそ、沖屋を金蔓にしてんだろうが」

「あんだと」

「もういい。おめえと喋っても埒《らち》は明かねえ」

勘兵衛は横を向いて唾を吐き、そのまま離れようとした。

「待ちやがれ」

山中に腕を取られ、乱暴に振りほどく。

後ろの兵馬が腰を落とし、すっと身構えた。

「やるのか、ひよっこ」

勘兵衛も身構えると、山中がぱっと身を離した。

「へへ、柏木、斬ってもいいぞ。老い耄れのひとりやふたり、死んだところで悲しむ者はいねえ」

勘兵衛は、山中に向きなおる。

「おい、ちょっと言いすぎじゃねえのか。そんなことを口にするのは、人の痛みがこれっぽちもわかっちゃいねえ証拠だ。山中よ、おめえは十手持ちの風上にもおけねえ下司《げす》野郎だぜ」

「あんだと、この」

「熱くなるな。いいか、浜庄は盗みのできる男じゃねえ。んなことは、十手持ちならすぐにわかる。それがわからねえってのは、よほどの阿呆か、それとも、やつを塡めようとしているかのどっちかだ」

当てずっぽうに吐いた台詞が、悪党の急所に触れたようだ。

山中は顔を鬼のように赤くさせ、四肢を怒りで震わせている。

「うぽっぽ、図に乗るんじゃねえぞ。浜庄はかならず、落としてやるかんな」

「おめえにゃできねえよ。あいつはおめえがおもっているほど、ヤワじゃねえ」

「ほざけ。森本さまに諮《はか》って、おめえの処分をどうするか決めてもらう。首を洗って待ってな」

「勝手にしろ」

勘兵衛は歩きかけ、兵馬に首を捻る。

「ひよっこ。いつまでも、あんな連中と付きあってんじゃねえぞ」

返事はない。

殺気だけがわだかまっている。

「あばよ」

勘兵衛は捨て台詞を残し、足早に立ち去った。

十

翌日、嫌な気分で朝を迎えたところへ、怖《お》ず怖ずと訪ねてくる者があった。

おはつである。

期待したとおり、八丁堀を訪ねてくれたのだ。

「長尾さま、申し訳ありません。嘘を吐いておりました」

おはつは何度も詫びを入れ、浜庄の命乞いをした。

恩を感じているばかりか、心底から惚れているのである。

やはり、金蔵破りのあった夜は、朝まで妾宅でともに過ごしていたという。

ほんとうのことを言えなかったのは、いりこの伊平に脅されていたからだ。

「きっと、役人が訪ねてくる。何か訊かれたら、庄兵衛はその日、亥ノ刻までには帰ったと言え。余計なことを喋ったら、坊主の命は貰う。と、伊平はそう言いました。ひどい男です。平気な顔で、自分の子を殺《あや》めると言ったのです」

やはり、芥子坊主の幼子は伊平とのあいだにできた子だった。

浜庄もそれを承知で、三年前、おはつを身請けしたのだという。

「恐かったんです」

残忍な伊平なら、自分の子でも殺めかねないとおもい、命じられるがままにしたがった。

「ただ、あのひとが牢屋敷に繋がれることなど、夢にも考えておりませんでした。ほんとうです。信じてください。旦那に仰っていただくまで、知らなかったのです」

「ああ、わかっているさ」

ひと晩寝ずに悩みぬき、やはり、どうしても浜庄を裏切ることができず、勘兵衛のもとを訪れたのだ。

おはつはそのとき、伊平の生まれ故郷が相州磯子の杉田村だと告げた。

杉田村は小さな漁村で、干し海鼠《なまこ》を産する地としても知られている。

干し海鼠の通称は、煮海鼠《いりこ》だ。

勘兵衛は、はっとなった。

いりこの伊平は喜助と同郷なのだ。

ふたりは、知りあいだったにちがいない。

それと察した途端、居ても立ってもいられなくなった。

おはつを帰したあと、すぐに鯉四郎を呼びつけた。

「ひょっとすると、伊平のやつは杉田村で匿《かくま》われているのかもしれねえ」

勘兵衛は旅支度を整え、鯉四郎をともなって東海道を上った。

品川で宿をとり、翌早朝、いまだ明け初めぬうちに出発した。

松並木の街道に沿って保土ヶ谷をめざし、六里九町の道程を稼いだ。

保土ヶ谷の帷子《かたびら》町からは金沢街道を南下し、弘明寺《ぐみょうじ》、笹下《ささげ》と通りすぎて、能見堂《のうけんどう》の手前まで歩をすすめた。

杉田村に達したのは夕方で、東に広がる江戸湾は紅蓮《ぐれん》に染まっていた。

漁採りを生業《なりわい》とする村は簡素な藁葺《わらぶ》きの家から、夕餉《ゆうげ》の炊煙を立ちのぼらせている。

家々の外には筵《むしろ》が何枚も敷かれ、大釜で茹《ゆ》でた海鼠が無数に干してあった。海鼠は寒の内に採れたものが最上とされるが、この村では一年中、海鼠を釜茹でにして干す光景が見受けられるという。

薄暗い空を仰げば、鳶《とんび》が獲物を狙って旋回していた。

屍骸《むくろ》の上空を飛びまわっているかのようで、あまりよい気はしない。

棒鼻に近い家の者に喜助の実家を尋ねてみると、一町も離れていないところにあることがわかった。

案内を請わず、不意打ちを食わすつもりで近づいていった。

藁葺きの小さな家を面前にして、勘兵衛と鯉四郎は二手に分かれた。

鯉四郎が裏手にまわったのを見定め、勘兵衛は表口へ歩をすすめる。

「ごめん、ちと教えてくれ」

玄関先で海鼠を干す老婆に声を掛けても、耳が遠いようで反応はない。

仕方なく、断りなしで玄関の敷居をまたいだ。

と、四十前後の垢《あか》抜けた男と鉢合わせになる。

勘兵衛は、下腹にぐっと力を入れた。

「喜助か」

「へ、へい」

「おれは臨時廻りの長尾勘兵衛だ。わざわざ、江戸から訪ねてきたんだぜ。てめえ、いりこの伊平を知ってんな」

喜助の顔から、さあっと血の気が引いた。

「匿ってんのか」

勘兵衛が一歩踏みだすと、喜助は「ひぇっ」と悲鳴をあげた。

くるっと背を向け、一目散に逃げていく。

「行ったぞ、鯉四郎」

喜助は勝手口を飛びだしたところで、鯉四郎に足を引っかけられた。

「うえっ」

固い土のうえに倒れこみ、血だらけの顔で這《は》って逃げようとする。

「観念しろ」

鯉四郎が背後から馬乗りになり、右腕を逆さに捻りあげた。

「ぎっ……い、痛え」

少しばかり痛めつけてやると、喜助は知っていることを吐いた。

伊平とは幼馴染みで、親分子分の間柄だということ。

沖屋の金蔵破りについては、伊平から浜庄をみたと証言するように強要され、拒むことができず、報酬として二十両を貰ったこと。

江戸を逃れてきた伊平に請われ、村外れの阿弥陀堂に匿っていること。

それらすべてを泣きながら喋り、喜助は伊平のもとへ案内することを約束した。


伊平は、墓場を抜けたさきの朽ちかけた阿弥陀堂に隠れていた。

毎晩きまって亥ノ刻になると、喜助が握り飯を運んでいくのだ。

江戸を逃れた野良犬は、腹を空かして待っている。

三人は観音扉の隙間から漏れた灯りをみとめ、慎重に近づいていった。

「いるな」

「へ、へい」

勘兵衛に無言で促され、喜助は五段ほどの階段を上りはじめる。

踏みつけるたびに、ぎしっ、ぎしっと音がするので、勘兵衛と鯉四郎は下で待つことにした。

観音扉のこちら側から、喜助が囁く。

「伊平どん、飯を持ってきたど」

気配が蠢《うごめ》き、すぐに観音扉が開いた。

内からあらわれたのは、髭のなかに顔が埋まった男だ。

見事なまでに、うらぶれている。

「伊平か」

勘兵衛は下から、寂《さび》の利いた声を張りあげた。

打裂羽織《ぶっさきばおり》を纏ったふたりの同心をみとめ、伊平は眸子を怒らせる。

「何だ、てめえら」

野良犬は段平《だんびら》を握り、猛然と振りあげた。

「ひぇっ」

喜助が階段から転げおちてくる。

振りあげた段平の先端は、鴨居に深く刺さった。

「観念せい」

鯉四郎が三段抜かしで階段を駆けあがり、固めた拳で頬を撲りつける。

ぼこっと鈍い音がして、伊平は堂内へ吹っとんだ。

勘兵衛も駆けつける。

野良犬は借りてきた猫のように、へたりこんでいた。

「さあて、おめえにゃ聞きてえことが山ほどある。素直に吐けば、わるいようにゃしねえ」

「くっ」

伊平は観念し、鼻血の垂れた床をじっとみつめた。

自分のやったことを、今さら悔いても遅い。

悪事をはたらいたことの報いは受けねばならないが、正直に吐けば斬首だけは勘弁してやろうと、勘兵衛は考えていた。

小悪党のひとりやふたり、見逃す術はいくらでもある。

読みどおり、伊平は浜庄に濡れ衣を着せたことを認めた。

そればかりか、とんでもない裏事情を喋った。

沖屋の金蔵破りは「狂言だった」というのだ。

「何だと」

さすがの勘兵衛も、予想だにしない筋だった。

沖屋幸太夫は小田原藩の重臣より低利での大名貸しを申しつけられ、従前からどうにか断る口実を探していた。

そこで、金蔵から大金が奪われたという大嘘を吐くことにしたのだ。

嘘を真実にみせるべく、偽の盗人を仕立てあげ、実際に金蔵を破るように仕向けた。

盗人の役目を負ったのが、伊平であったという。

「おめえひとりで四千両を運んだのか」

「盗んだのはおいらだ。でも、運んだのはちがう」

運んだ仲間の名を、伊平は吐こうとしなかった。

もとはといえば、伊平は喜助の口利きで沖屋の主人と面識をもった。

「もちろん、沖屋の旦那から相談されたときは、一も二もなく承知したさ」

口振りから推すと、姑息《こそく》な筋立てを企《くわだ》てたのは沖屋幸太夫のほうだった。

喜助は気の弱いところがあったので、裏事情を報《しら》されていなかった。あくまでも、浜庄をみたことだけを証言しろと、伊平に命じられていたのだ。伊平が裏で沖屋の主人と繋がっていることも知らなかった。

そして、この謀事には、裏で手を貸した者たちがあった。

「おめえさんたちのお仲間さ」

伊平は、へらついた口調で喋った。

沖屋が金蔵破りに見舞われたことを確実なものとするには、どうしても調べる側にも仲間が要る。

伊平はしかし、役人の名を容易に吐かなかった。

吐けば命はないと、脅されているからだ。

「吐かなきゃ、土壇行きだぜ。胴から離れた死に首は、地獄の釜で何度も繰りかえし茹であげられる。ただし、吐けば助かる道はあるかもしれねえぜ」

懇々と諭され、伊平はついに白状した。

「吟味方与力の森本勇之進だ」

驚きはない。予想はついていた。

「森本ってな、恐え男だ。無楽《むらく》流とかいう居合の達人でな、何人も人を斬っているらしいぜ」

鞘は定寸だったはずだと、鯉四郎はつぶやいた。

定寸の鞘内に、二尺そこそこの居合刀を仕込んでいるのだ。

一刀流の剣客だけあって、さすがに目のつけどころがちがう。

ともあれ、伊平は消される危うさを察し、江戸から逃げてきた。

森本の走狗《いぬ》となって動いたのは、腰巾着の山中陣内である。

浜庄がすぐさま牢送りになった件も、これで説明はつく。

伊平の謦動逃れも、森本の意向でおこなわれたことだった。

「沖屋から金がわたったってことか」

「やつらの金蔓なのさ。沖屋はな」

伊平は証言どおり、金蔵から千両箱を盗みだした。

これを手伝い、何処《どこ》かへ運ぶ役目を担ったのが、山中であったという。

運んだ行き先は知らないが、沖屋と山中とのあいだで隠密裡《おんみつり》に交わされた『あみ』という言いまわしは小耳に挟んだ。四つの千両箱は『あみ』に運ばれたのだ。

悪党たちの繋がりはわかったが、伊平の証言以外に証拠はない。権限のある吟味方与力ならば、上手な言い逃れを考えつくだろう。さらに、もうひとつ懸念すべきは、柏木兵馬のことだった。兵馬はいったい、どこまで知っているのか。

「直《じか》に質《ただ》さねばなるまい」

返答次第では、許すわけにはいかなかった。

勘兵衛は伊平と喜助の身柄を村長《むらおさ》に預け、罪人としてあつかうように指示した。

そして、鯉四郎ともども、夜通しかけて江戸への帰路をたどった。

十一

早駆けで江戸へ舞いもどってきたのは、翌日の夕刻だった。

鯉四郎を綾乃のもとへ帰し、みずからは葺屋《ふきや》町で銀次が女房のおしまにやらせている福《ふく》之《の》湯《ゆ》へ向かう。

旅の疲れを湯船に浸《つ》かって落とし、さっぱりした心地で屋根裏部屋へ上がると、銀次が首を長くして待っていた。

上等な下り酒と肴《さかな》の支度がしてある。

「さ、おひとつ」

「ふむ」

勘兵衛は、注がれた酒をひと息に呷《あお》った。

「ぷはあ、この一杯がたまらねえ」

「そうでしょうとも」

「喜助は伊平を匿っていやがったぜ」

「ほ、おもったとおりでしたね」

「伊平がぜんぶ喋った。金蔵破りは沖屋の狂言だ」

「え」

事の経緯を教えてやると、銀次は腹の底から怒った。

「腐れ役人どもめ、許せねえな」

「どうした、何かあったのか」

「ちょいと、困ったことになりやした。つい今し方、島村さまから旦那に内々で伝えてほしいと言《こと》づかりやしてね」

牢屋同心の島村主計によれば、浜庄がやってもいない罪を認めてしまいそうだというのだ。

「拷問に屈したわけじゃねえらしいんで」

みずから牢問いにあらわれた与力の森本勇之進に囁かれ、態度を一変したらしい。

「いってえ、何を囁いたんだ」

「罪を認めなければ、おはつを土壇におくると告げたようです」

「小汚ねえ手を使いやがって」

いまだ口書《くちがき》は取られておらず、それが一縷《いちる》の望みだった。

「ほかに、何かわかったことは」

「お見込みどおり、森本勇之進は沖屋と裏で繋がっておりやす。半年前、腰巾着の山中陣内が小田原藩の揉《も》め事をあつかったことがありやした」

同藩の番士が居酒屋でしたたかに呑み、酔った勢いで刀を抜きはなち、町人に怪我を負わせた。その場に居合わせた山中は森本にはからい、事を穏便に済ませてやった。藩の重臣には、ずいぶん感謝されたらしい。

「おふたりさん、小田原藩に恩を売った。その伝手《つて》で、御用達の沖屋とも結びついたにちげえねえ」

「なるほどな」

銀次も酒を舐めた。

「それともうひとつ。柏木兵馬さんのことでやすがね」

「おう、兵馬のことで何かわかったか」

「あの方を拾った宮司をつきとめ、拠所《よんどころ》ねえ事情を聞いてめえりやした」

「おう、そいつを教えてくれ」

勘兵衛は、身を乗りだす。

「それが、ただの捨て子じゃねえようで」

兵馬は下級武士の子として生を受けたが、父親が金貸しに騙《だま》されて借金を抱えた。双親《ふたおや》はそのことを苦にして天井の梁《はり》に帯を引っかけ、釣瓶《つるべ》心中を遂げたのだという。

「鮭《しゃけ》になってぶらさがった双親の遺体のしたで、三つの子が無邪気に遊んでいたそうです」

憐《あわ》れんだ大家が神社の宮司に預け、そののち、子を欲しがっていた役人に貰われていった。

それが、兵馬の不幸な生いたちだ。

「やつは知ってんのか」

「さあ。どうでやしょう。でも、浜庄をしょっ引いたときの顔は、鬼のようだったと聞きやした」

「恨みか」

理不尽な世の中への恨み、ことに、実の双親を破滅に追いこんだ金貸しへの尋常ならざる恨みが、兵馬のなかで蜷局《とぐろ》を巻いていたのかもしれない。

森本や山中から重宝がられ、下手をすれば暴走しかねない危うさをも孕んでいる。

急がねばならない。

「よし、こっちから罠を仕掛けてやる」

勘兵衛は決意を固め、伝馬町の牢屋敷へ向かった。


島村主計を拝みたおし、今いちどだけ、面会を申しいれる。

外鞘に出てきた浜庄は、すっかり変わりはてたすがたになっていた。

月代も髭も伸び、垢まみれの顔は亡者《もうじゃ》のようだ。

からだは無残に痩せ、歩くのも億劫らしかった。

数日でこれほど人が変わってしまうとはおもえない。

それでも、勘兵衛をみとめると、浜庄の眸子には生気が戻ってきた。

「だ、旦那。来てくれたんですかい」

「ああ、おめえを助けにやってきた」

「おれはまた、線香の一本でもあげにきたのかと」

「ほう、まだ冗談を口にする余裕があんじゃねえか」

「もうだめだ。おれは吐いちまう。旦那、もういいでしょう。おれはこれ以上、耐えられそうにねえ」

「ああ、わかっているさ。おめえはよくやった。もう、我慢することはねえ」

「え、ど、どういうことです」

浜庄は真顔になり、ぐっと睨みつけてくる。

ほんとうは、死ぬまで耐えぬくつもりだったのだ。

「森本勇之進に何か囁かれたんだってなあ」

「てえしたこっちゃありやせん」

「おはつのことか」

「へい、土壇へおくると脅されやした。罪状なんぞは、いくらでもあとづけできると」

「ふん、汚ねえまねをしゃがる」

「ご安心ください。おはつが死ねば、おれも死ぬ。おれが死ねば、おはつも死ぬ。それだけのことでさあ」

「よく言った。おめえらは、夫婦《みょうと》の鑑《かがみ》だぜ」

浜庄は淋しげに、ほっと溜息を吐く。

「旦那、あっしらは夫婦じゃねえんですよ。あいつが、そうしたくねえって言うもんでね」

「夫婦にならねえのは、おはつの望みだったのかい」

「もちろんでさあ。おれはあいつが望めば、いつだって女房にする用意はあるんだ。でもね、旦那。こうなっちまったら、夫婦になるとかどうとか、そんなことはどうでもよくなっちまいました」

ふたりは生死の間境で、逢えずとも心を通わせ、絆を深めているのだ。

勘兵衛はそうした男女のありようを、心底から羨ましいとおもった。

浜庄は襟を正し、ぐっと胸を張る。

「だから、あっしは死ぬまで耐えられる。おはつも、それを望んでおりやしょう」

「おめえの心根は、ようくわかったぜ。でもな、これ以上、踏んばることはねえ。おれの仕掛けに協力してくれ」

「いってえ、どういうことです」

不審な顔をする浜庄に向かって、勘兵衛は悪戯《いたずら》っぽく目配せをしてみせる。

「森本勇之進がまた、牢問いにあらわれよう。そのとき、沖屋の金蔵を破ったのは自分だと偽りを吐くのさ」

「え」

「おめえは千両箱を四つ盗んだ。あり得ねえはなしだがな。盗んだ千両箱を『あみ』まで運んだとこたえてくれ」

「『あみ』ってな、どこです」

「さあ、知らねえ。そいつは、悪党たちしか知らねえ隠し場所の呼び名だ。ところが、知らねえはずのおめえが漏らす。そうすりゃ、悪党どもは疑心暗鬼になる」

四つの千両箱が無事に保管されているかどうか、気になったあげくに『あみ』へ向かおうとするだろう。

「そこを逃さず、捕まえてやるのさ」

「なあるほど、こっちから罠を仕掛けてやるってわけか」

「連中は、おめえに罪を認めさせたがっている。お望みどおり認めてやりゃ、吐いた中味は丸ごと信じたくなる。それが人情ってもんだ。騙そうとした野郎が騙される。世の中、そう甘いもんじゃねえってことを、わからせてやるのさ」

「へへ、おもしれえ。さすが、うぽっぽの旦那だぜ」

「すまねえな。耐えろと言っておきながら、真逆のことをさせちまって」

「お安いご用でさあ。この生き地獄から出るためなら、何だってやりますぜ」

浜庄は娑婆《しゃば》にいたころのように、不敵な笑みを浮かべてみせた。

十二

三日経った。

森本勇之進も腰巾着の山中陣内も、いまだ伝馬町の牢屋敷へ足を運んでいない。

訪れるという連絡《つなぎ》があれば、牢屋同心の島村が教えてくれる手筈《てはず》になっていた。

浜庄の告白は森本を通じて、沖屋のもとへもたらされることだろう。無実の男の口から漏れるはずのない『あみ』という台詞を耳にし、悪党どもはかならずや、動きだすにちがいない。

盗まれたお宝の隠された『あみ』の所在さえわかれば、悪党どもを一網打尽にできる。

勘兵衛は、そう信じていた。

一方、敵も身を守るためなら、あらゆる手段を講じてくる危うさはあった。

その機は、予想していたよりも早く訪れた。

夜も更け、そぼ降る雨のなか、勘兵衛は八丁堀の自邸へ戻るべく、地蔵橋までの道程を提灯《ちょうちん》も点けずに歩いていた。

橋のそばには、南天桐が聳《そび》えている。

木陰に殺気が立ち、妙な風音が聞こえてきた。

「ん、あれは」

忽然《こつぜん》と、石置場の情景が蘇った。

「兵馬か」

叫んだ瞬間、鉄鎖がくねくねと伸び、鉤爪が鼻先へ飛んできた。

咄嗟《とっさ》に抜いた十手に、鉤爪がからみつく。

「うぬっ」

鉄鎖がぴんと伸張し、凄まじい力で引っぱられた。

勘兵衛は抗しきれず、その場に引きずりたおされる。

泥撥ねを飛ばしながら、何者かが駆けよってきた。

やにわに、どすんと脇腹を蹴られ、息が詰まる。

「老い耄れめ。ざまあねえぜ」

嘲笑《ちょうしょう》する小銀杏髷は、山中陣内にほかならない。

憎々しげな顔で上から覗きこみ、ぺっと唾を吐く。

「うぽっぽ、おめえ、何を嗅ぎまわっていやがる」

勘兵衛は山中ではなく、別の人影を探していた。

木陰に佇んでいるのは、柏木兵馬にまちがいない。

「おい、兵馬」

勘兵衛は、苦しげに怒鳴りつけた。

「何してやがる。悪党に助っ人すんのか」

暗がりから抜けだした兵馬は、悄然《しょうぜん》と佇んでいる。

「ふへへ」

山中は笑いあげ、勘兵衛の脇腹をまた蹴りつけた。

「ぬぐっ」

息が詰まった。

「莫迦め。ひよっこに何を聞いても無駄だ。牢屋敷にゃこっちの知りあいもいてな、おめえが浜庄にまたぞろ面会したと聞き、妙だとおもったのさ。おめえ、どうして浜庄みてえな男の肩をもつんだ」

「浜庄はどうだっていい……つ、罪もねえ者に濡れ衣を着せようって魂胆が……ゆ、許せねえ」

山中は屈み、平手で勘兵衛の頬をぺしゃっと叩《はた》く。

「おめえ、何か知ってんな。さては、沖屋を強請《ゆす》ろうって魂胆か。へへ、そうはさせねえぜ」

「莫迦たれ」

「何だとこの」

ぼこっと拳で顔を撲られ、気を失いかけた。

「ふん、役立たずの臨時廻りがよ、人並みに美味《うめ》え汁を吸おうとするんじゃねえ。ちなみに、いくら吹っかけたんだ、あん」

勘兵衛はこたえず、兵馬に訴えかける。

「ひ、ひよっこ……だ、騙されるな」

山中が眸子を剝いた。

「誰が騙すんだよ」

「い、いりこの伊平が……ぜ、ぜんぶ喋ったぜ」

「何だと」

「金蔵破りは沖屋の狂言だ……お、おめえらは、それを知っておきながら、見逃した。片棒を担いだもいっしょなんだよ……や、山中、おめえも森本勇之進も仕舞《しめ》えだ。潔く縛につけ」

「ぬへへ、柏木、聞いたか。老い耄れが物狂いになっちまったぜ」

山中は、あきらかに動揺している。

どちらを信じるかは、兵馬の良心にかかっていた。

「うぽっぽめ、ほざくがいいさ。どうせ、おめえはここで死ぬんだ」

山中は立ちあがり、がっと頰を蹴りつけた。

鼻血が飛び、ついでに意識も遠のいていく。

このまま、死ぬのだろうか。

勘兵衛は、あきらめかけた。

そのとき。

ひゅんと、旋風《つむじ》が巻きおこった。

「うわっ、この野郎」

山中は叫びあげ、地べたにひっくり返る。

鉄玉で脳天を割られ、気を失っていた。

「長尾さん」

駆けよった兵馬に、勘兵衛は助けおこされた。

薄れつつあった意識が、次第に戻ってくる。

兵馬は、目に涙を浮かべていた。

「も、申し訳ありません」

「謝ることはねえさ。おめえは、上の指図で動いただけだ」

「ち、ちがいます。わたしは金貸しが憎かった。だから、きちんと調べもせず、浜庄に縄を打ったんです」

「もういい。何も言うな」

「いいえ、言わせてください。浜庄を捕まえたあと、濡れ衣ではないかと疑いを抱きました。にもかかわらず、わたしは何ひとつ行動をおこさなかった。逆しまに、浜庄を必死に救おうとしている長尾さんが、疎《うと》ましく感じられて仕方なかったのです」

「そうかい」

勘兵衛は、にっこり微笑んだ。

「でもよ、おめえは最後の最後で、おれを救ってくれたじゃねえか。そいつはな、十手持ちの良心を捨てられなかったってことさ」

兵馬は首を振る。

「どんな責めも負うつもりです」

「ちっ、融通の利かねえ野郎だな。おめえは今の苦しみを乗りこえ、十手持ちとしての生き方をまっとうしなくちゃならねえ。それが、おめえを生かしてくれた双親と、おめえを育ててくれた養父母への恩返しじゃねえのか」

兵馬は勘兵衛の袖に縋《すが》り、声をあげずに泣いた。

自分の未熟さを思いしらされ、他人の心の温かみを知る。さまざまな感情がないまぜになり、涙が溢れてどうしようもないのだ。

「そこまでだ。泣いている暇はねえぜ」

森本勇之進を、どうにかしなければならない。

勘兵衛は痛みを怺《こら》え、すっくと立ちあがった。

十三

山中陣内は縛りあげ、捕り方の目に触れぬところに軟禁した。

森本勇之進は山中を失って疑心暗鬼となり、不安に駆られたあげく、行動を起こすにちがいない。

勘兵衛が読んだとおり、森本は動いた。

牢屋敷にあらわれ、浜庄に責め苦を与えたのだ。

一方、浜庄は上手くやった。

辛い責め苦に耐えかねたふりを装い、沖屋の金蔵を破ったと告白し、お宝を『あみ』へ運んだと漏らした。

ただし、それがどこなのかは漏らさず、森本も追及しなかった。

下手に追及して行き先が判明すれば、みずから陣頭指揮に立って捕り方を差しむけねばならない。それだけは避けようとした。言うまでもなく、お宝が運ばれた行き先を知っているからだ。

森本は沖屋幸太夫と連絡を取った。

銀次に命じて沖屋を張りこませていたので、悪党どもの動きは手に取るようにわかった。

かならず今夜動くと推測し、内与力の門倉角左衛門のもとへ使いを走らせた。

門倉にだけはすべての経緯を伝え、従前から捕り方の手配を願いでていたのだ。

行く先がわかった時点で二度目の使いを送り、出役を願うことになるだろう。

ただし、狙う大物が身内の与力だけに、おおっぴらにはできない。

捕り方は隠密行動に徹しなければならず、手柄は手柄として認められない。

それでも、門倉は正義の名のもとに行動すると約束した。

ありがたいと、勘兵衛はおもった。

いざ尾行するとなると、剣客でもある森本を追うのは至難の業《わざ》で、あきらめねばならなかった。

ただし、心配はいらない。

沖屋幸太夫のほうが、勘兵衛たちを『あみ』へ導いてくれた。

四つの千両箱が隠された『あみ』とは、芝の北新網町のことであった。

すぐそばには小田原藩の上屋敷があり、江戸湾から引きこまれた堀留には蔵屋敷がいくつも並んでいる。そうしたなかには、御用達に払い下げられた蔵屋敷もあり、一見すると廃屋のような蔵屋敷のひとつが、お宝の運ばれた行き先にほかならなかった。

勘兵衛は草叢《くさむら》が潮風に靡《なび》く音を聞きながら、闇をみつめている。

淡い月影を映した川面《かわも》はさざ波立ち、桟橋の棒杭に繋がれた小船は軋《きし》みをあげていた。

ぎしっ、ぎしっという軋みが、静寂を際立たせる。

桟橋の背後には、廃《すた》れた蔵屋敷の輪郭がうっすらみえた。

すでに、半刻ほどまえに銀次を使いに走らせたが、門倉以下の捕り方はまだすがたをみせていない。
かたわらには、鯉四郎と柏木兵馬が控えている。
門倉が間に合わないときは、三人で対応するしかない。
亥ノ刻を報せる鐘が鳴ってから、もうずいぶん経《た》った。
すでに、沖屋は蔵の内へ消えている。
夜の冷たさが、足許《あしもと》から這いあがってきた。
突如、ぱっと灯りが点いた。
「来たぞ」
蔵屋敷の入口だ。
人影はひとつ、森本勇之進にまちがいない。
木戸が開き、人影は蔵の内へ吸いこまれていった。
躍りこむかどうか、鯉四郎が目顔で確認を求めてくる。
「もう少し、待ってみよう」
勘兵衛は頷いた。
するとそこへ、門倉が捕り方を連れてあらわれた。
「長尾、遅くなった」

「門倉さま」

「何も言うな。今は、悪党を捕まえることに専念しよう」

屋敷を取りかこむ捕り方は二十名足らず、これが内与力の集められる限界だった。

同心は勘兵衛たち三人だけで、あとはすべて小者だ。

ただし、みな、筋金入りの連中である。

それを証拠に、咳《せき》払いひとつする者もなく、ひとりのこらず闇に溶けこんでいる。

「よし、掛かれ」

小者たちの手にある松明《たいまつ》が、ぼっぼっと炎を点《とも》す。

まるで、祭りのような光景だった。

小者たちは鳴り物を鳴らしながら、囲みを狭めていく。

悪党どもは闇のなかで震えていることだろう。

鳴り物の圧力に屈し、素直に降参することを願った。

「ひええぇ」

願ったとおり、蔵の内から人影が飛びだしてきた。

「堪忍だ。堪忍してくれ」

みっともないほど、狼狽《うろた》えている。

沖屋幸太夫であった。

隙をみて逃げようとしかけたところへ、鯉四郎が駆けより、当て身を食わせる。

沖屋は手もなく、その場にくずおれた。

浜庄の告白だけを信じ、のこのこ蔵屋敷へやってきたのだ。

そのことだけでも、金蔵破りが狂言であったことの証拠にはなる。

沖屋幸太夫は捕縛された。

が、もうひとりの悪党は出てこない。

おのれの過ちを察し、こちらと刺し違える決意でも固めたのか。

それとも、逃げられないとおもい、すでに潔く腹を切ったのか。

「長尾、みてこい」

門倉に命じられずとも、足は向いている。

「長尾さん、手伝わせてください」

柏木兵馬は、鎖竜吒を携えてきた。

鯉四郎と銀次は、裏口へまわる。

正面口から気配を窺い、勘兵衛は黴《かび》臭い蔵屋敷のなかへ滑りこむ。

殺気が動いた。

「やはり、罠を仕掛けたのは、おぬしか」

五間ほど離れたところから、疳《かん》高い声が聞こえてきた。

龕灯《がんどう》を照らしたさきで、森本は千両箱に座っている。

不敵にも笑っていた。

「うぽっぽと呼ばれるおぬしを、少々、舐めてかかったらしい。山中からおぬしのことは告げられておったが、まさか、ここまでやるとはな。ふん、だがな、わしはこの場を切りぬけてみせる。おぬしらをひとり残らず切り捨てれば、あとはどうとでもなるだろう」

「外には捕り方が大勢おるぞ」

「二十人程度ではないのか。鳴り物を使ったのは、数を隠すためだ。ふふ、当たりだな。内与力いざというとき、おぬしが助力を請うとすれば、相手は門倉角左衛門しかおらぬ。内与力が集められる小者の数は、せいぜい、それくらいのものさ」

さすがに、読みは鋭い。

「それだけの読みをしておきながら、どうして、のこのこやってきたんだ」

「四千両は誰にも渡さぬ。これはすべて、わしのものだ」

「欲に目がくらんだのか」

「そうかもしれぬ。だがな、長尾、おぬしは後悔いたすであろう。わしをここに導いたことなー」

森本はすっと立ちあがり、何食わぬ顔で間合いを詰めてきた。

「まずは、おぬしから葬ってやる。あの世へ逝け」

すっと腰を落とし、つぎの瞬間、土を蹴った。

飛蝗《ばった》のように飛びながら抜刀し、のどを狙ってくる。

「うわっ」

勘兵衛は目測を誤った。

一撃目はどうにか避けたが、肩口に痛みが走る。

斬られていた。

かなりの傷だ。

予想以上に、森本は手強《てごわ》い。

だが、斬られた瞬間、背後で気配が動いた。

勘兵衛の頬を掠《かす》め、鎖が生き物のように伸びてくる。

鎖の端に付いた鉄玉が、吟味方与力の眉間に命中した。

「ぬはっ」

森本は棒立ちになり、くらりと身をかたむける。

魂を抜かれた人形のように、くずおれていった。

呆気《あっけ》ない幕切れだ。

「や、やった」

兵馬が、ぎこちない足取りで近づいてくる。

勘兵衛は傷の痛みも忘れ、力強く声を掛けてやった。

「大手柄だぞ、ひよっこ」

そのことばに救われたのか、兵馬はしっかり頷いた。

十手持ちの矜持《きょうじ》を取りもどしたような、凛とした面構えだ。

「兵馬よ、おめえはようやくみつけたな。十手持ちにとっちゃ、いっちでえじなものだ。そいつが何かわかるか」

「いいえ」

「ふふ、正義だよ」

「正義」

「ああ。こいつだけは忘れちゃならねえ。こいつを忘れたときは、十手を返《け》えしたほうがいい」

勘兵衛は、ふっと苦笑する。

ちょいと喋りすぎたのは、歳のせいかもしれない。

「そういえば、鰹は食ったか」

「え」

「じつはな、おれもまだ食ってねえ」

脂ののった炙《あぶ》り鰹を連想した途端、口いっぱいに唾が溜まってくる。

ここはひとつ、門倉さまにお願いして、一席もうけてもらおう。

それくらいの褒美はねだってもよかろうと、勘兵衛はおもった。

「へへ、食うなら新場の夜鰹だな」

つぶやいた途端、きゅるると腹の虫が鳴った。

まいまいつむろ

一

毛のような雨が木々の葉を濡《ぬ》らしている。

本郷菊坂から小石川片町へ降りていくと、あやめの群生する堀端がある。あやめは今を盛りと咲きほこり、行き交う人々の目を楽しませているが、今は花など愛《め》でる気分ではない。

勘兵衛は泥濘《ぬかるみ》に足を滑らせながら、葦《あし》の繁《しげ》る汀《みぎわ》へすすんだ。

打ちすてられた小船があり、倒れた竿《さお》の先端には鴉《からす》が止まっている。

気のせいか、雨音がさきほどよりも大きく感じられた。

「旦那、ほら、あそこ」

銀次が指差すさきに、男の毛鬚《けずね》がみえた。

微《かす》かに、死臭がただよってくる。

「朝っぱらから、しんどいな」

仰臥《ぎょうが》した無残な屍骸《むくろ》は、年若い侍のものだった。

濁りかけた眸子《まなこ》を瞠《みは》り、灰色の空をみつめている。

無念さはない。驚いたような目であった。

「うえっ、何だこりゃ」

銀次が叫んだ。

屍骸の口を花瓶にみたて、あやめが一輪挿《さ》してある。

「ちっ、妙なことをしゃがって」

勘兵衛は裾《すそ》を割ってしゃがみ、花を抜きとった。

ぱっくり開いた口から、雨水が溢《あふ》れだしてくる。

茎の先端は赤く、血を吸ったかのようだ。

金瘡《きんそう》を探すと、はだけた左胸に穴があいており、そこからも雨水が溢れている。

「背中から刺した傷だな、こりゃ」

銀次の指摘するとおり、屍骸をひっくり返すと、背中に刺し傷がみつかった。

「ぐさっと刺して引きぬいた。刺されたほうは驚いて後ろを振りむき、そのまま仰向けに倒れて、おだぶつ」

「ま、そんなところだな」

死臭の程度からいって、まだ半日は経《た》っていまい。

斬殺されたのは、昨晩から未明にかけてと推察された。

勘兵衛は近頃眠りが浅く、微かな雨音でも目を醒《さ》まし、寝付けなくなってしまう。

昨晩もそうだった。丑《うし》ノ刻あたりから降りはじめた雨はいっこうに熄《や》む気配もなく、ずっと降りつづいている。

一見したところ、辻斬りでもないし、物盗りの仕業でもなさそうだ。

「ほとけは濡れるのもかまわず、こんな坂下のじめじめした川端までやってきた。どうしてでやしょうね」

「誰かに呼ばれたのさ」

あっさり応じる勘兵衛にたいし、銀次は口を尖《とが》らす。

「誰かって、顔見知りですかい」

「たぶん、女だな」

「女」

「ふむ。ほとけと関わりのある女にちげえねえ」

「じゃ、下手人は女」

「いいや、そうは言ってねえ。呼ばれてのこのこやってはきたが、女のすがたはなかったってこともある」

「女を囮《おとり》に使ったと」

「まあな。ただし、こいつは山勘だ」

以前、怨恨がらみで同じような件を扱ったことがある。ゆえに、女がらみの筋を描いてみた。

銀次は首を捻《ひね》る。

「あやめを口に挿したな、何かの洒落《しゃれ》でやしょうか」

「たぶん、手向《たむ》けの花だろう」

「手向けの花」

殺《あや》めたことに一抹の悔いがあった。

良心の呵責《かしゃく》を禁じ得ず、花を手向けてごまかしたのではあるまいか。

「あやめと殺めを引っかけるところなんざ、ひとを小馬鹿にしておりやすぜ」

「洒落のわかる野郎かもな」

「へへ、冗談じゃねえ。相手は人殺しでやすよ」

銀次はひきつったように笑い、屍骸の袖口をまさぐった。

「旦那、こんなものが出てきやした」

手渡された小さな袋を、勘兵衛は鼻に近づける。

「匂い袋だな」

「匂い袋」

と聞いて、銀次は膝を打った。

「どうしたい」

「へい」

一昨日の晩、本所横川は業平橋《なりひらばし》のそばに聳《そび》える松の木で、首を吊《つ》った水戸《みと》藩の藩士がいた。

「お聞きになられやしたかい」

「ああ。松の枝に女物の腰紐《こしひも》を引っかけ、首を吊ったとか」

「本所の岡っ引きに聞いたはなしじゃ、世知辛《がれ》え世を儚《はかな》んで首を吊ったってことらしいが、そっちのほとけの袖からも匂い袋がみつかったんで」

「聞き捨てならねえな」

「でやしょう。ひょっとしたら、こっちのほとけも水戸藩の藩士かもしれやせん」

銀次は遺体から根付《ねつけ》の付いた印籠《いんろう》を探りあて、勝ちほこったように掲げた。

「これ以上の手懸かりはねえ。さっそく、素姓をあらってみやしょう」

「頼む」

勘兵衛が頷《うなず》くと、銀次は風のように去った。

横たわる遺体が御三家の歴《れっき》とした藩士ならば、町方風情《ふぜい》の出る幕はない。藩のほうで処理することになるだろうが、はっきりと素姓が定まるまで、ある程度の調べは済ませておかねばならなかった。

「気が重いぜ」

もういちど、匂い袋を鼻に近づけてみる。

何とも言えず、艶《つや》っぽい匂いだ。

「伽羅《きゃら》だな」

おそらく、値の張る品であろう。

やっぱり女がからんでいるなと、勘兵衛はおもった。

二

梅雨時にあたる端午の節句は、たいてい雨催《あめもよ》いとなる。

それでも、長屋の洟垂《はなた》れどもは邪気除けの菖蒲《しょうぶ》刀を打ちあいながら、曇天のしたを跳ねまわっている。

甍《いらか》の波のそのまたうえには、大小の鯉のぼりが泳いでいた。

大店の軒先には金太郎や鍾馗《しょうき》の描かれた幟《のぼり》が立てられ、なかには鎧兜《よろいかぶと》を飾るところもあった。

歩いているだけで昂揚した気分になるのは、子どもたちだけではない。

勘兵衛は、日本橋本両替町にある下村山城《しもむらやましろ》という油見世へ足を向けた。

油見世とは、鬢《びん》付《つ》け油や白粉《おしろい》などを売るところだ。

下村山城は『伽羅の油』という鬢付け油で当てた大店で、洒落者や粋筋《いきすじ》の御用達になっている。

帳場格子の番頭に事情を告げると、さっそく、利き香のできる手代を呼んでくれた。

上がり端《はな》に腰をおろしたところへ、五十過ぎの小柄な手代が愛想笑いを浮かべながらやってくる。

「お役目ごくろうさまにございます。手前に何かお手伝いができましょうか」

「おう、すまねえな。ちょいと、こいつを嗅いでみてくれ」

袖口から匂い袋を取りだすと、手代はうやうやしく手に取った。

「へえ。それでは」

鼻に近づけ、ふんふんと頷く。

「これは、あやめにござります」

「え、もうわかっちまったのか」

「へえ、まちがいありません」

あやめというのは伽羅をふんだんに使った掛香《かけごう》の品名で、かなり値は張るものの、武家や町屋の娘たちに人気のある品らしい。

勘兵衛は、ほとけの口に挿された一輪のあやめを思い出した。

手向けられた花もあやめ、匂い袋の名もあやめ、これが偶然であるはずはない。

「掛香ってな、そもそも、貴人が楽しむもんだろう」

「まあそうですが、花街のちょっとした贈り物なぞにもよく使われます。伽羅にもいろいろな香りがござりまして。どうぞ、あちらをご覧ください」

　大部屋の天井から、大きな短冊が舌のようにぶらさがっている。

　短冊には『あやめ』を筆頭に『まつかぜ』『そでのつゆ』『くちなし』『しのぶがわ』などといった掛香の品名が大書されていた。

「まつかぜに、そでのつゆか」

「さようにございます」

　手代は、いくつか匂い袋を嗅がせてくれた。

　勘兵衛には、どれも同じ匂いにしか感じられない。

「おめえ、こいつをぜんぶ嗅ぎわけられんのか」

「慣れてしまえば造作もありません」

「そんなものか」

　えらく感心しながら、勘兵衛はふとおもった。『あやめ』の匂い袋を袖に入れて死んだ侍は、あやめの咲く汀で刺されていた。一方、業平橋の松の枝に腰紐をわたして首を縊《くく》った侍は、もしかすると『まつかぜ』と名付けられた匂い袋を携えていたのかもしれない。

「まさかな」

　今となっては確かめる方法もないが、そうであったとするならば、わざわざ袖口に仕込まれた匂い袋に謎を解く鍵が隠されているような気もする。

「あの、お役人さま」

手代が首をかしげた。

「もういっぺん、嗅がせてもらえませんか」

「おう、いくらでも嗅いでくれ」

手代は匂い袋を鼻に近づけ、眉間《みけん》に皺《しわ》を寄せる。

「やっぱりそうですね」

「どうしたい」

「はい、襟白粉《ばっちり》の匂いが混ざっております」

「襟白粉」

「これはたぶん、辰巳《たつみ》芸者のものです。最上のお品なので、この襟白粉を使っているのは門前仲町の尾花とか梅本とか、一流どころのお座敷に呼ばれている芸者衆にございましょう」

「こいつはたまげた。おめえ、そんなことまでわかっちまうのか」

「へえ、慣れてしまえば造作もありません」

「ありがとうよ。おめえは匂いの達人だぜ」

勘兵衛は舌を巻き、手代の手を握らんばかりに礼を言う。

店から外へ出たその足で、さっそく、深川へ向かった。

三

富岡八幡宮の門前は永代橋《えいたいばし》を渡ったさきだが、一石橋《いっこくばし》のあたりから小船を仕立てたほうが早い。

午《うま》ノ刻を少しまわったころ、勘兵衛は門前仲町までやってきた。

表通りを振りむけば、西に一ノ鳥居が聳えており、東の門前に向かって野太い通りの左右には、楼閣風の茶屋がずらりと軒を並べている。

小銀杏髷《こいちょうまげ》に黒羽織といった同心の扮装《いでたち》は、この界隈《かいわい》では野暮の極みだ。仲町は深川七場所のなかでも屈指の遊興場にほかならず、陽《ひ》の高いうちから船や駕籠《かご》でやってきた遊冶郎《ゆうやろう》たちで賑《にぎ》わっていた。

「さあて、おっぱじめるか」

勘兵衛は茶屋の敷居を一軒ずつまたぎ、楼主を呼んでは匂い袋を嗅がせ、持ち主の芸者におぼえはないかと聞いてまわった。

五軒ほどまわっても手懸かりは得られず、げんなりしてあきらめかけ、それでも最後の一軒と狙いを定めて訪ねたさきが、江戸市中に名の通った『山本』という一流の茶屋だった。

木っ端《こっぱ》役人が遊びにくるようなところではない。

ところが、顔を出してみると、目端の利きそうな番頭が勘兵衛のすがたをみとめ、滑るように近づいてくるや、つんと袖を引く。

「ん、どうした」

「お役人さま、とりあえずはこちらへ」

わけもわからずに招じられ、奥座敷へ連れていかれた。

あきらかに、ほかの茶屋とは応対がちがう。

「妙だな」

首をかしげながらも、居心地のあまりよくない上座に座らせられる。

しばらくすると、襖《ふすま》がたんと左右に開き、若い衆が蝶足膳《ちょうあしぜん》を運んできた。

膳には鯛《たい》の尾頭付きを筆頭に旬の料理が並び、燗酒《かんざけ》の仕度もできている。

「おいおい、これはどうしたわけだ」

慌てて問うても、誰ひとり応じる者はいない。

膳の仕度が済むと、鳴り物ともども颯爽《さっそう》と芸者衆があらわれた。

「朝太郎にございます」

「吉野奴《やっこ》と申します」

などと、源兵衛名を口にし、両脇に侍《はべ》ってみせる。

渋い黒羽織を纏《まと》った辰巳芸者たちだ。

いずれも、気《き》っ風《ぷ》を売り物にしている。

「さ、旦那。おひとつどうぞ」

勧められてその気になり、勘兵衛は盃《さかずき》に手をやった。

くいっと干すと、反対からも注がれる。

「あちきの酒が呑めぬのかえ」

ぐっと睨《にら》みを利かされ、二杯目も一気に干す。

芸者たちは手を叩《たた》いて喜び、競うように酌をする。

何やら、良い気分になってきた。

まるで、竜宮城に招かれた浦島太郎のようだ。

が、やはり、事情も知らず、酔うわけにはいかない。

「楼主を呼べ」

厳しい口調で言いつけるや、隣部屋から「べべん」と三味線を爪弾く音が聞こえてきた。

つづいて、艶めいた男の歌声が耳に飛びこんでくる。

「潮来出島《いたこでじま》のまこものなかで、あやめ咲くとはしおらしや。さあよいやさ、あゝよんやさ」

襖陰の低い位置から顔を出したのは、頭上に黒い兜巾《ときん》を戴いた幇間《ほうかん》であった。

「花をひともと忘れてきたが、あとで咲くやらひらくやら。さあよいやさ、あゝよんやさ。花はいろいろ四季には咲けど、主に見返える花はない。さあよいやさ、あゝよんやさ」

当節流行の潮来節を歌いながら、丸眼鏡を取りだして耳に掛け、畳を這《は》いつくばるように近づいてくる。

「藪《やぶ》におって頭が黒く、腰に貝を付けており申す。兜巾を着けているとは申せ、山伏とみるは大間違い。法螺《ほら》は吹けども、信心は薄い。ほうれ、こうして角も出す。腹這いでくねくねと動きまする。はてさて、手前は何者ぞ。梅雨に咲くあじさいの裏葉を捲《めく》ってくだされば、ほら、そこに這っておりまする。どなたさまもご覧《ろう》じろ、手前こそは、まいまいつむろにござ候」

言われてみれば、蝸牛《かたつむり》にみえてくるから不思議だ。

上擦った声の調子や仕種があまりに可笑《おか》しいので、勘兵衛は腹を抱えて笑いだす。

「おや、笑いなすった。お大尽が笑いなすったぞ。さても良いことじゃ。笑いは幸せを呼ぶタネ、鬼の心も溶かしてしまう妙薬にございます」

幇間の月代《さかやき》には、小豆《あずき》大の疣《いぼ》があった。眦《まなじり》に刻まれた皺や顎《あご》の肉襞《にくひだ》の弛《ゆる》みぐあいから推せば、還暦は優に超えていよう。

「おめえ、名は」

「夢太郎《ゆめたろう》にございまする。以後、お見知りおきを」

「ふむ、もう充分に楽しませてもらった。楼主を呼んでくれ」

「はいはい、ただいま」

幇間も芸者もすがたを消し、痩《や》せた楼主があらわれた。

敷居の向こうで三つ指をつき、顔をあげようともしない。

「おい、どうした。何のまねだ」

「お役人さま、今日あたりみえられるにちがいないと、お待ち申しあげておりました。何卒、例の件はご内密に願います」

楼主は三方を小脇に抱え、腰を低くしたまま近づいてきた。

「どうか、これをお納めください。ほんの挨拶代わりにございます」

三方は紫の袱紗《ふくさ》で覆われている。

中味は聞かずともわかった。

小判だ。

少なく見積もっても、二十両はあろう。

口止め料にしては高すぎるとおもい、勘兵衛は不審を募らせた。

「楼主、例の件とは何だ」

「お役人さま、おとぼけになられては困ります。三日前の晩、水戸さまのご家中が血を吐いてお亡くなりになった件ですよ。そのことでいらしたのでしょう」

勘兵衛は、ぴくっと眉を吊りあげた。

「そのとおりだ」

と、嘘《うそ》を吐《つ》く。

「楼主にひとつ、聞きてえことがあってな」

「お手柔らかに願います。水戸さまのお役人にも、みっちりしぼられました。正直、何が何だかさっぱりわかりません。今でも、狐《きつね》につままれたような気分でして」

水戸藩からは、体裁を繕う必要上、表沙汰にはせず、内々に済ませてほしいとの依頼があったという。

「町方にほじくり返されたら、おめえも水戸さまもさぞかし迷惑だろうな」

「さようにございます。まんがいち、安田市之丞《やすだいちのじょう》さまが毒を盛られて死んだなどと世問に知れたら、手前どもは茶屋をたたまねばなりません」

「ん」

勘兵衛は、身を乗りだす。

「毒を盛られたのか、その安田とか申す侍」

「あ。いえ、その……」

しまったという顔で、楼主は口を押さえた。

勘兵衛は、ここぞとばかりにたたみかける。

「毒を盛ったのは誰だ」

「存じません。ご信じください。毒を盛られたかどうかも、はっきりしておらぬのですよ。ただ、医者の看立てを申しあげたまでで」

「医者は何と言った」

「え」

口ごもる楼主を、勘兵衛は睨みつける。

「正直に言えば、わるいようにゃしねえ」

「ほんとうですか」

「ああ」

「されば。山鳥兜《やまとりかぶと》の毒を盛られたのではないかと、医者は申しておりました」

「山鳥兜か」

猛毒である。

古来から根を乾かして矢毒に用いられてきたが、酒などに混入して毒殺する際にも使われた。

効き目はきわめて速く、全身に痙攣《けいれん》をおこして死にいたる。

そうした症状が見受けられたと聞き、医者は診断を下したのだ。

食中毒なら茶屋の落ち度だが、毒を盛られたとなればはなしはかわる。

曖昧のまま終わらせてしまおうというのが、凶事に関わった者たちに共通する思惑だろう。

「水戸藩の役人は、下手人捜しをしねえのか」

「うちの奉公人どもが、そのような大それたまねをできようはずもありません。だいいち、毒を盛る理由がない。それは、水戸さまの方々もご承知です」

「となりゃ、内輪揉《も》めかい」

下手人は宴席に集まった仲間のなかにいるとも考えられる。

どっちにしろ、事後の処理は藩に託されたので、どういう結末になったのかは楼主も知らない。

なお、座敷にあがったのは水戸藩の番方六名で、組頭の出世を祝うために催されたものだった。いちばん上の組頭でも家禄は五百石足らずで、逆立ちしても高禄取りとはいえず、一流どころの茶屋で遊び慣れた連中ではない。

信用のおける人物の紹介でもなければ丁重に断る相手だったが、どうしても一席設けてやってほしいと懇願され、楼主も渋々ながら引きうけたという。

「誰に頼まれたんだ」

「幇間の夢太郎にございます」

と、意外なこたえが返ってくる。

「さっきの幇間か」

「はい。まいまいつむろにございますよ。あれだけの芸が披露できる幇間は、深川でもなかなかみつけられません。手前どもも重宝しておりましてな、夢太郎にどうしてもと頼まれれば、うんと言わぬわけにはいきません」

「しかし、どうして幇間が」

「何でも、別のお座敷にたまさか呼ばれ、組頭の鶴岡数馬《つるおかかずま》さまからえらく褒められたのだそうです。それを恩に感じて、どうしても山本で一席もうけてやりたいと」

しっくりこないはなしだが、芸人の口伝てに上客を紹介されることはままあることらしい。

ともあれ、金払いもよかったので、茶屋としてもできるかぎりのことはしてやった。

「夢太郎は無論のこと、一流どころの芸者衆も呼んでやりました」

宴は盛りあがった。

若い侍たちは芸者を侍らせ、舞いあがっていた。

ところが、宴もたけなわとなったころ、唐突に凶事が勃《お》こった。

「ふうん」

勘兵衛は、眉をひそめた。

偶然にしては、あまりにもできすぎたはなしだ。

この三日間で、水戸藩の藩士が三人も不審死を遂げた。

ひとりは宴席で毒を盛られ、ひとりは松の木に首を縊り、ひとりはあやめの咲く川端で背中を刺されたのだ。

勘兵衛はおもむろに、袖口から匂い袋を取りだした。

「楼主、こいつに、みおぼえはねえか」

「失礼いたします」

楼主は膝を躙《にじ》りよせ、匂い袋を手に取った。

「これは、伽羅ですな。品名はたぶん、あやめにござりましょう」

「おめえ、利き香ができるのか」

「ええ、ほんの少しなら。あじさいの芸者に教えてもらったのです。日本橋の油見世で買いもとめ、気に入ったお大尽に持たせるのだと申しておりました。匂いで相手の気を惹《ひ》く、芸者たちの手管にございますな」

仲町でも古い置屋の『あじさい』なら、勘兵衛も知らない名ではない。

「水戸藩の宴席に呼んだなかに、あじさいの芸者はいたのか」

「おりました。美貴助《みきすけ》に花奴《はなやっこ》、仲町でも屈指の三味線上手にございます。お、そうだ。お亡くなりになった安田市之丞さまも、伽羅の匂い袋を袖口に忍ばせておいででした。たしか、そでのつゆとか申す掛香です」

そでのつゆとは、袖を濡らす女の涙のことだ。

涙のひと雫《しずく》が酒に零《こぼ》れ、それを呷《あお》った番士が血を吐いた。

などと、勘兵衛は勝手な空想をめぐらせた。

「そでのつゆという品名は、あじさいの芸者に教えてもらったのか」

「いいえ。夢太郎に聞いたのです」

夢太郎は目が弱い。

そのかわり、犬並みの鼻を持っているらしい。

「まさに、利き香はお手のもの」

「まいまいつむろの夢太郎か」

正直、勘兵衛は気にも留めなかった。

座敷に呼ばれた幇間が、客に毒を盛るはずはないからだ。

四

あじさいという置屋は、一ノ鳥居のそばにあった。

北寄りの裏通りを袋小路に向かい、三味線屋の隣に建つ間口の狭い建物だ。

敷居をまたぐと目のまえに帳場があり、むっちり肥えた女将《おかみ》が煙管《キセル》を吹かしている。

名はおこう、三十路を過ぎたばかりだが、辰巳芸者を束ねているだけに貫禄があり、十手持ちをみても動じる素振りは微塵《みじん》もない。

「ちょいと邪魔するぜ」

勘兵衛はにっこり笑い、気楽な調子で上がり端に腰をおろす。

おこうは聞こえよがしに溜息《ためいき》を吐き、煙管の火口《ほくち》を煙草盆の縁に叩きつけた。

「ほほう、懐かしいな。あじさいの表口は、二十年前とこれっぽっちも変わっちゃいねえ」

「旦那、二十年前をご存じなんですか」

「そのころは、ほっそりした美人の女将が仕切っていたな。そういや、十ばかりのこましゃくれた娘もいたっけ。もしかして、そいつはおめえか。だとすりゃ、ずいぶん貫禄がついちまったじゃねえか。へへ、十手持ちとみりゃ邪険にする。そうした利かん気の強さだけは、母親譲りのようだぜ」

おこうは動揺の色を隠せない。

「わたしのおっかさんを、ご存じなんですか」

「ご存じにきまってんだろう。呑んだくれの亭主《ていし》と別れさせてやったな、何を隠そう、このおれだ」

「ひょっとして、うぽっぽの旦那」

「やっとわかったな。ま、無理もねえか。深川は本所廻りの縄張りだ。橋向こうの十手持ちがやたらに来るところじゃねえ」

おこうは禿《かむろ》のような娘を呼び、茶の仕度を言いつけた。

「かまわねえでくれ。長居する気はねえんだ」

丸盆で運ばれてきたのは茶ではなく、燗をした下り酒だった。

置屋で茶といえば、酒を意味する。それがわからない勘兵衛ではない。

「ま、おひとつ。旦那のことは、死んだおっかさんから聞いておりますよ。鼻糞《くそ》みたいな十手持ちにも、情け深いお方はいる。それが、うぽっぽの旦那だってね」

「へへ、十手持ちは鼻糞か。おせんらしいや」

注がれた酒を呷ると、甘酸っぱい思い出が蘇《よみがえ》ってくる。

母親のおせんとは何もなかったが、のぞめばどうにかなりそうな気配はあった。

そこを踏みとどまったのは、逃げられた女房への未練だったのかもしれない。

まんがいち、おせんと深い仲になってしまえば、理由も告げずに家を出ていった静が一度と戻ってこないような気がしたのだ。

「おっかさん、逝って何年になる」

「十一年になります」

「光陰矢のごとしだな」

「仰《おっしゃ》るとおりですよ」

「ところで、今日やってきたのは御用の筋だ。三日前の晩、仲町の山本で水戸藩の藩士が血を吐いて死んだ。そいつは知っているな」

「とんだ迷惑ですよ。人気者のお羽織をふたり、座敷にあげておりましたからね。ふたりに聞きましたけど、そりゃひどいお侍たちだったそうです」

おこうは酌をしながら、宴席の様子をみてきたように喋《しゃべ》りだす。

ともかく、酒の呑み方ひとつ知らない粗野な連中だったらしい。

食べ物は意地汚く食べちらかし、酔って裸踊りをやりだす者もいれば、蒼《あお》い顔で畳に吐きまくる者もいる。酌芸者の髷を摑《つか》んで引きずる者まで出てきたとおもったら、仕舞いには内輪で喧嘩をやりだした。

「喧嘩ってより、ひとりを寄って集《たか》っていじめていたらしいんです」

集まった六人のなかでもっともひ弱そうな若侍が、血まみれになるまで撲《なぐ》る蹴るの暴行を受けつづけたという。

「いじめられていたのは、毒を盛られた安田某か」

「いいえ。たしか、犬飼健吾《いぬかいけんご》さまと仰いましたか」

犬飼健吾に暴行をくわえた側のひとり、安田市之丞が血を吐いたのは、そうした混乱のさなかだった。藩士六人のほかに居合わせたのは、酌をする芸者が三人と三味線を弾く『あじさい』の白芸者がふたり、あとは茶屋の若い衆が頻繁に出入りしていた。

「あ、そうそう。夢太郎さんも呼ばれていたんだっけ」

「夢太郎ってのは」

「幇間ですよ。蝸牛のまねをやらせれば、右に出る者はいないんです。もっとも、蝸牛のまねをする幇間が何人いるかってはなしもありますけど」

おこうは淡々と、夢太郎の素姓を語った。

「十五年ほどまえまでは、お侍をやっておられたそうですよ」

何かよほどの事情があって、侍身分を捨てたのだろう。

そうでなければ、ひとを笑わせて日銭を稼ぐ幇間にはなるまい。

おこうは、夢太郎の住む裏長屋を知っていた。

網打場《あみうちば》と呼ばれる安価な岡場所の一角にある。

「へへ、美味《うめ》え酒だったぜ」

勘兵衛は盃を置き、やおら腰をあげた。

「あら、もう行っちまうんですか。また、いらしてくださいな」

「二十年後に、また来るさ」

「うふふ、おっかさんが言ってたとおりだ」

「何が」

「旦那はいつも、くだらない冗談を言って笑わせてくれる」

「おせんが、そんなことを」

勘兵衛は娘の顔に母親の顔を重ね、物悲しい気分になった。

「おめえ、一日中、そこに座ってんのか」

「ええ、そうですけど」

「ちったあ、歩いたほうがいいぜ。三十三間堂と一ノ鳥居のあいだを行ったり来たり、朝と夕に往復するだけでもずいぶんちがう。今のうちにからだを動かしておきゃ、十年は寿命も延びるだろうさ」

「わたしのからだを、案じてくださるんですか」

「おれよりさきに逝かれたら、おっかさんに合わせる顔がねえかんな」

「ありがとうございます。一日二往復のはなしは、考えときますよ」

「年寄りの言うことは、素直に聞くもんだぜ。へへ、あばよ」

外へ出ると、玄関脇に紫陽花《あじさい》がひと叢《むら》咲いていた。

まだ色は薄いが、紫が濃くなっていくにつれ、妖艶さも増すことだろう。

紫陽花が散るころまでにもういちど訪ね、線香の一本でもあげようか。

勘兵衛は微笑《ほほえ》み、置屋に背を向けた。

歩きはじめると、三味線屋のほうから小柄な老人がやってくる。

「あれは……まいまいつむろじゃねえか」

眉間に皺を寄せ、勘兵衛はつぶやいた。

五

夢太郎はつつっと近づき、にっこり笑いかけた。

「旦那、ちょいとおつきあいいただけませんか」

伝馬町三丁目の露地裏に『柳川《やながわ》』という、どじょう鍋を食わせる見世がある。

「そこで今晩、いかがです」

「柳川なら知っているぜ。骨抜きのどじょうを食わせる見世だろう」

「さようにございます」

ふたりはいったん別れ、日が暮れてから『柳川』で落ちあった。

どじょうを食わせる見世にしては、小綺麗なつくりの店内だ。

夢太郎はひとあしさきに着き、勘兵衛のすがたをみつけるなり、酒肴《しゅこう》とどじょう鍋を注文する。

薄化粧を落とした素顔の夢太郎は、銭湯の二階で碁を打つ近所の親爺とあまり変わらない。ただ、切れ長の眸子にだけは、底深い光を宿していた。

さっそく、熱々のどじょう鍋が出された。

「ほう、きましたぞ」

丸眼鏡を掛けた途端、硝子《ガラス》が湯気で白く曇る。

「みえぬ、みえぬ。どじょうはどこじゃ」

夢太郎の剽《ひょう》げた仕種が可笑しく、勘兵衛は吹きだしてしまう。

「おや、笑いなすった。お大尽が笑いなすったぞ。さても良いことじゃ。笑いは幸せを呼ぶタネ、鬼の心も溶かしてしまう妙薬にございます」

座敷と同じ口上を述べ、夢太郎は眼鏡を外す。

「旦那。ひとにはそれぞれ、天職なるものがあると申します。わたしにとって、幇間はまさに天職、他人様に笑っていただくことは無上の喜びにございます。さ、長口上はこれくらいにして、いただきましょう」

ふたりで鍋を突っつき、酒を酌み交わした。

別に何を喋るでもなく、楽しいときが流れた。

「これだけ食べてから申しあげるのも何ですが、どうもわたしは丸のままのどじょうが好きなようでして」

「ふふ、おれもさ。骨抜きより、骨のあるやつがいい」

「やはり、歯ごたえがちがいますな」

「ひとも同じさ。骨のあるやつが生きのこる」

「まさしく、そのとおり」

　得たりとばかりに、夢太郎は頷いてみせる。

「こんなわたしにも倅《せがれ》がひとりおりましてな、骨のない軟弱者ゆえ、行く末が案じられてなりません。それこそ、殻付きの蝸牛どころか、なめくじも同然、塩を振っただけで消えちまいそうで」

「心配《しんぺ》えすることはねえ。親の心配えとはうらはらに、子は立派に育つもんだ」

「そうでしょうか」

「ああ、そうにきまってらあ」

　ここまで酒がはいれば野暮なことを聞きたくもないが、やはり、聞いておかねばなるまい。

「それで、おれに何の用だ」

　夢太郎はきちんと正座し、襟を正す。

「旦那のことはさきほど、あじさいの女将さんにお聞きしました。亡くなったおせんさんと旦那は、お親しい仲だったそうで」

「おめえも、おせんを知ってんのか」

「ずいぶん、お世話になりました」

「竹を割ったような性分だったろう。おれとは妙に馬が合ってな」

「さようでしたか。やはり、旦那は、わたしが見込ませていただいたとおりのお方だ」

「どういうことでい」

「へえ」

夢太郎は膝を躙りよせ、声を落とす。

「山本さまのお座敷で、あのような凶事が勃こったあと、町方のなかでいの一番に訪ねてくるお役人はどなただろう。どんな方だろうって、期待と不安を抱きながら待ちかまえておりました。そこへ、旦那がやってこられた。わたしの拙い芸に、心の底から笑っていただきました。きっと、わるいお役人さまではない。そうおもい、是非一度、おつきあい願いたいと」

勘兵衛は、ぎろりと睨みを利かせる。

「それで」

「もう、お調べのことと存じますが、宴席に顔を出された水戸藩の藩士六人のうち、すでに三人がお亡くなりになりました」

三人は同僚だったと聞いても、勘兵衛は驚かない。

そうした想定で、鯉四郎と銀次に調べをすすめさせている。

しかし、なぜ、一介の幇間がそのようなことを知っているのだろうか。

「ご懸念は当然にございます。されど、それとなく気に掛けておれば、噂《うわさ》は自然と耳にはいってくるもの。わたしは、恐ろしいのでございます」

宴席の晩以来、自分も凶事に巻きこまれるのではないかと、夢太郎はびくついているらしい。

「正直、夜も眠れません」

「それで、おれに近づいてきたのか」

「はい。旦那に、どうしても下手人をあげてほしいのです」

「おめえなんぞに言われなくても、あげてやるさ。必ずな」

「それを聞いて、安堵《あんど》いたしました。何せ、お亡くなりになったのは、三人とも水戸さまのご家中にございます。藩のほうでは表沙汰にしたくなかろうし、お調べのほうも苦労なさるのではないかと。たとい真相がわかっても、はたして、旦那のお手柄となるのかどうかもわからない。ほんとうのところ、お調べをすすめていただけるとは、おもいもしませんでした」

「あいにく、おれは手柄や出世とは無縁の男でな。自分が関わった一件を中途でほっぽりだすようなまねだけはしたくねえ」

「すばらしい」

夢太郎は、大袈裟《おおげさ》に褒めちぎる。

「長尾勘兵衛さまは、お役人の鑑《かがみ》であられます」

「歯の浮くようなことを言うな」

「へへ、こいつはどうも。ささ、どうぞ」

夢太郎は満面に笑みを浮かべ、酒をたっぷり注いでくれた。

勘兵衛は久しぶりに酔い、匂い袋のことやら何やら、聞きたかったことをすっかり忘れてしまった。

六

それから数日は何事もなく過ぎていったが、節の暦が芒種《ぼうしゅ》から夏至《げし》にかわるころ、第四の殺しが勃こった。

麻布市兵衛町の女郎屋で、侍の客と敵娼《あいかた》の女郎が殺されたのだ。

侍は水戸藩の藩士と聞き、勘兵衛は押っ取り刀で岡場所へ向かった。

谷底の吹きだまりに、零落した女たちの蠢《うごめ》く四六《しろく》見世が集まっている。

市兵衛町の岡場所は貧乏人が日銭を叩《はた》いて欲望を満たすところで、二本差しが足繁く通うさきではない。

だが、薹《とう》の立った抱え主の女将によれば、殺された藩士は顔なじみの客であった。

「姓名は伊野原文五郎《いのはらぶんごろう》、山本の宴席に顔を出していた番士のひとりでやした」

銀次の説明に耳をかたむけ、勘兵衛は渋い顔で頷く。

「性質は粗暴、酔うと正体を失い、気に食わないことがあると、刀を抜いてみせる」

しょうもない男で、近頃は安女郎買いにはまっていたらしい。

黴《かび》臭い部屋に踏みこんでみると、血腥《ちなまぐさ》い臭いはしない。

「銀次、刃物を使った殺しじゃねえな」

「ええ、女のほうは首を絞められておりやすよ」

あられもないすがたで大の字になり、口をへの字にまげて死んでいる。

一方、伊野原なる若侍のほうは、裸のうえから浴衣を羽織っていた。

眸子を飛びださんばかりに瞠り、鼻と口は布で覆ってある。

「きつく縛ってあんな、こりゃ」

銀次は苦労して布を外し、眉を寄せた。

「ん、何か詰まってやがる」

覚悟をきめ、指で口のなかを穿《ほじく》りはじめる。

「うえっ」

銀次のずんぐりした指に、白っぽいものがべっちょりくっついた。

勘兵衛が顔を近づける。

「そいつは餅だぞ」

「ほんとうだ」

「餅をのどに詰まらせて死にやがったんだ」

しかも、半端な量ではない。

あきらかに、何者かの手で押しこめられたものだ。

銀次は浴衣で指を拭《ふ》き、屍骸の袖口をまさぐった。

取りだされたのは、匂い袋だ。

「ありやした。例のやつ」

「下村山城の手代に嗅がせてみりゃわかるが、品名はたぶん、くちなしだな」

「口をふさがれたほとけに、くちなしか。こいつは、洒落じゃすまされねえ」

殺された水戸藩の番士はみな、匂い袋を携えていた。

すでに、三人の素姓については調べがついている。

ひとり目の安田市之丞は宴席で毒を盛られ、ふたり目の古川《ふるかわ》茂左衛門《もざえもん》は首吊りにみせかけて殺された。三人目の浜本《はまもと》治《じ》三郎《ざぶろう》は背中からぐさりと刺され、四人目の伊野原文五郎は口に餅を詰めこまれた。

「残りはふたり。組頭の鶴岡数馬と、いじめられ侍の犬飼健吾か」

勘兵衛はもういちど、女の遺体を検屍しはじめた。

「首の骨が折れてんぞ。銀次、抱え主を呼んできてくれ」

「へい」

抱え主の四十年増が、暗い顔であらわれた。

「何か用ですか」

「男のほうは常連らしいな」

「ええ、まあ」

「変わった癖はなかったか」

「ございましたよ。妙適を迎えると、首をぐいぐい絞められるんだって、女郎たちが嘆いていたから」

「やっぱりそうか」

過失だったにせよ、女郎は伊野原に絞めころされたのだ。

殺してしまったあと、屍骸のかたわらで酒を喰《くら》った形跡もある。

酒の力を借りて、みずからの過ちを忘れたかったにちがいない。

伊野原は浴びるほど呑んで、前後不覚になった。

そこへ、何者かがあらわれ、のどに餅を詰めこんだ。

「怪しい者はみなかったか」

「さあ」

年増は面倒臭そうに応じた。

怪しいといえば、このあたりにしけこんでくる客は誰もが怪しい。いちいち気にもしていられないのだろう。

勘兵衛が溜息を吐くと、年増はぼそっとつぶやいた。

「その女、五つと三つの子がいるんです」

聞きたくないはなしだ。

死んだ女郎は三月前まで、菜売りで生活《たつき》を立てていた。

「亭主に死なれ、そっちの商いだけじゃ食っていけなくなって、あたしのところへ泣きついてきたんですよ。からだが弱っていたから、無理はしちゃいけないよって言ったんだけど」

嘘泣きかもしれないが、年増はぐすっと洟を啜《すす》る。

「運のない女ってのは、どこまでも運がないんですね」

勘兵衛のなかに、言いようのない怒りが湧《わ》いてきた。

幼子たちはまだ、母親が死んだことを知らないのだ。

「どうやって聞かせりゃいいんだか。あたしにゃ荷が重い。旦那、代わりに教えてやってくださいな」

これと同じような悲劇は、そこいらじゅうの岡場所で毎日のように繰りかえされている。

十手持ちがしてやれることは限られていた。

それでも、生きるよすがを失った幼子たちを放っておくわけにはいかない。

勘兵衛は抱え主の年増に向かって、幼子たちをあとで南茅場町の大番屋へ連れてくるように命じた。

世の中には、養子を欲しがっている奇特な人々もいる。

そうした善人を何人か知っているので、声を掛けてみようとおもったのだ。

それはそれとして、一連の殺しについては益々謎が深まるばかりだ。

いったい誰が、何のためにやっていることなのか。

無論、途中で投げだすことは十手持ちの矜持《きょうじ》が許さない。

「とりあえず、残ったふたりに張りついてみやすか」

と、銀次が言った。

七

水戸藩の連中を調べていくと、壮絶ないじめの実態が浮かびあがってきた。

銀次の巧みな調べに応じてくれたのは、小石川の水戸藩邸そばにあって内情をよく知る辻番の親爺だ。

犬飼健吾は新入りのようだった。鶴岡組にかぎらず、番方に就いた新入りはみな、いじめられる。役目を仕込む指南の手管とも考えられているが、健吾へのいじめは常軌を逸していた。

「おれも長えこと辻番をやっているが、あれほどのいじめは聞いたことがねえ」

凍《い》てつく夜は裸足で一晩中門番に就かされ、小便も許されない。控部屋では座布団に針を仕込まれ、暇さえあれば薄汚いことばを浴びせられる。そうした陰湿ないじめは日常茶飯事におこなわれ、鷹《たか》狩りのお供にいった際などは、弁当に馬糞《ばふん》を入れられていたという。

「刀を抜いてもよさそうなものだが、なにせ、あの若侍は気が弱い。骨無し野郎などと小《こ》莫迦《ばか》にされているほどでな、抗《あらが》うこともできずに、じっと耐えておったわい」

運のわるいことに、鶴岡組には札付きの悪党どもが揃《そろ》っていた。

出入りの商人を脅しては袖の下をせびり、告げ口をした連中は陰で襲って半殺しの目にあわせる。非番の日には市中に繰りだし、酒を呑んでは暴れ、気晴らしに町人を袋叩きにしたこともあった。

「商家の娘に狙いをつけ、追いはぎよろしく襲いかかり、神社の裏手へ担ぎこんで輪姦《まわ》したこともあったらしい」

無頼を気取ったところは、寛永のころに流行った旗本奴にも似るが、遣《や》り口があまりに陰湿だった。

しかも、やったことの罪はいつも不問に処せられる。

鶴岡数馬の親戚筋に藩の重臣がいるため、悪事は露見しないのだ。

「それをよいことに、連中はのさばっておった」

犬飼健吾はみずから職を辞さないかぎり、いずれ命を落とすだろうと、辻番の親爺は他人事《ひとごと》ながら案じていたという。

そうしたおり、不審死がたてつづけに勃こった。

「天罰が下ったと噂する者もおったが、わしはそうはおもわぬ。やつらに恨みのある者の仕業だ。大きい声では言えぬが、自業自得というものさ。世の中には死んだほうがいい連中もいる。鶴岡組の連中が、まさにそれさ」

犬飼健吾へのいじめと一連の殺しには、何か関わりがあるのだろうか。

そもそも、健吾はなぜ、いじめの対象とされたのだろう。

そのあたりの事情についても、銀次はざっくり聞いてきた。

「噂では、あの若侍は養子らしい。生まれは藩領の湊《みなと》町でな、咎人《とがにん》を運ぶ御船手《おふなて》の子だったとか。そいつが連中に知れたのさ」

湊町の船役人など、定府《じょうふ》の藩士たちからすれば下級役人にすぎない。

水戸藩の藩主は代々国入りせず、江戸に留まっているのが慣例なので、藩主に従う定府の藩士たちは妙に誇り高く、居丈高なところがあった。

そうした連中からみれば、犬飼健吾は身分違いの田舎侍と映ったにちがいない。

御船手の子が自分たちと同じ禄を貰《もら》い、同じ役目に就いている。そのことが健吾の気弱な性分と相まって、鶴岡組の面々にしてみれば「許せぬ」という感情を抱かせたのだろう。

そんなふうに、辻番の親爺は銀次に告げた。


その夜、江戸は軽微な地震に見舞われた。

水底に眠る梅雨鯰《なまず》が大欠伸《あくび》でもしたのだろう。

小糠《こぬか》雨の降るなか、勘兵衛は犬飼健吾を尾行している。

撫《な》で肩の弱々しい背中を追いながら、どうして暗くなってから、溜池沿いの桐畑までやってきたのだろうとおもった。

小石川の水戸屋敷からは、ずいぶん遠い。

赤坂御門を過ぎて愛宕《あたご》下の大名屋敷へ通じる物淋《ものさび》しい道を、どうしてひとりで歩まねばならぬか。その理由がわからない。

誰かに呼びつけられたのだろうか。

ひとりで来てほしいと、文か何かで告げられたのかもしれない。

鬱蒼《うっそう》とした桐の木陰からは、魔物でも出てきそうな気配だった。

龕灯《がんどう》で照らさねば足許《あしもと》すらおぼつかない暗闇を、気弱な青侍がよくもまあ歩いていけるものだと感心する。

鯉四郎の調べで、犬飼健吾の詳しい生いたちがわかった。

常陸国《ひたち》は潮来の貧しい船役人の一子として生まれ、五つのときに江戸勤番の番士の家へ養子に出された。長男なのに養子に出された理由は、実父が役目の上で失態を演じ、家禄を没収されたからだ。

どのような失態かは定かでない。何せ、十五年もむかしのはなしだった。

実母は同じ年に急逝した。健吾は幼い心に深い傷を負ったまま、赤の他人に貰われていったのだ。

侍を捨てた親の子という事情が知れわたれば、いじめの原因《もと》になることは充分に考えられる。

腰抜けの子は腰抜け、そんなやつと同僚でいたくないと考える愚か者も出てこよう。

ましてや、鶴岡組の面々ならば、波風の立たないはずはなかった。

番士の控部屋は狭い。

健吾にとっては、牢獄のようなものだったにちがいない。

伝馬町にある牢屋敷では「作造り《さくづく》」と呼ぶ人殺しがおこなわれている。座るところを少しでも広くするために、新入りをひそかに葬る。いわば、人減らしの手法であった。寝ているあいだに数人で手足を押さえ、口に布きれを詰めこみ、外傷がめだたぬように踵《かかと》で睾《こう》丸《がん》を潰すのだという。

犬飼健吾は「作造り」の恐怖を味わっていたのかもしれない。

自分が殺《や》られるまえに先手を打とう。

そうしたおもいに駆られたこともあっただろう。

しかし、健吾が下手人でないことはあきらかだ。

毒を盛られた安田市之丞の場面を除けば、いずれも門番の役目に就いている。

役目を抜けて同僚を殺めることなど、できようはずもなかった。

ならば、いったい誰が、何のためにやったことなのか。

勘兵衛はいつも、同じ問いに立ちかえる。

なだらかな坂道を歩きながら、またもや、からだが宙に浮く感覚をおぼえた。

「鯰がまた欠伸をしたな」

右手は福岡藩黒田家五十二万三千石の中屋敷、見上げるほどの海鼠《なまこ》塀がうねうねとつらなっている。

一方、左手の奈落は溜池だ。

桐の葉を叩く雨音が、やけに大きく感じられる。

小石川片町の堀川で屍骸を検屍したときも、雨音がやけに大きく感じられた。

勘兵衛は不吉なおもいを抱きつつ、犬飼健吾との間合いを詰めた。

突如。

溜池の片隅で、魚が跳ねた。

と同時に、桐の木陰から人影が躍りだしてくる。

「うわっ、何者だ」

気づいた健吾は、咄嗟《とっさ》に提灯《ちょうちん》を向けた。

照らされた相手の顔は、よくみえない。

きらっと、何かが光った。

「何だ、あれは」

考える暇もなく、勘兵衛は駆けだした。

「待て、やめろ」

必死に叫ぶと、人影がこちらを振りむく。

焦った様子もみせず、くるっと踵《くびす》を返すや、音もなく去っていった。

「おい、平気か」

犬飼健吾は、泥道に尻餅をついている。

「斬られた……き、斬られた」

今にも、泣きそうな顔で訴えた。

たしかに、刃物で袖をすっぱり切られ、肘《ひじ》のあたりから血を流している。

だが、さほどの傷でもない。

「心配えするな。死にゃしねえ」

勘兵衛は手拭《てぬぐ》いを裂き、傷口を縛りつけてやった。

健吾はどうにか、落ちつきを取りもどす。

「あなたは、町奉行所のお役人ですか」

「そうだ。たまたま通りかかったら、おめえの叫びが耳に入えってな」

とりあえずは真実を告げず、相手の様子を窺《うかが》う。

「おめえ、こんな夜にどこへ行く」

「組頭に呼ばれたのです。夜釣りをするから付きあえと」

「まことかよ」

組頭の鶴岡数馬は三度の飯よりも釣りが好きで、これまでも何度か付きあわされたという。

「釣り竿を持ってねえな」

「組頭が携えてまいりましょう」

勘兵衛は、ふっと笑いかけた。

「陸《おか》釣りか」

「ええ、たぶん」

「溜池なら、野鯉が釣れるかもな」

健吾は心を許したのか、舌の滑りもいい。

「いつぞやは御濠《おほり》に釣り糸を垂れ、御禁制の錦鯉を」

「釣ったのか」

「はい」

「ふふ、十手持ち相手にばらしてもよいのか」

健吾の顔が曇った。

「どうせ、さきのない身にござります」

「何で」

「ここ数日のうちに、同僚を四人も失いました。いずれも不審な死にざまで、わたしも覚悟はできております。さきほどの賊も辻斬りではなく、刺客でしょう。早晩、わたしは命を奪われるのです」

「命を狙われるおぼえでもあんのか」

「いいえ。でも、天罰が下るのです」

「どうして、天罰が下るとおもう」

健吾は口を噤《つぐ》み、涙ぐんだ。

いじめられてきた日々を思い起こしているのだ。

「わたしはいつも、心のなかで同僚たちの死を望んでおりました」

そこまで言った途端、健吾は泣きくずれてしまう。

同僚はつぎつぎに死を遂げ、望みどおりに事はすすんだ。

が、そう望んだ自分にもきっと、天罰は下るにちがいない。

どうやら、そんなふうにおもっているらしい。

「泣くんじゃねえ。みっともねえぞ」

「は、はい」

「おめえ、何でいじめられたんだ」

「生いたちが知れたからです」

「生いたち」

「はい。わたしは潮来の御船手の子として生まれました。ご先祖は代々、咎人を船で運ぶ不浄な役目を負っていたそうです。五つのとき、父が役目不行跡とのお沙汰を受け、侍を辞めざるを得なくなりました。わたしは親戚へ養子に出されたあと、今の養父母のもとへ貰われたのです」

健吾の生いたちは、隠し事の嫌いな養父母の口から同僚に漏れ、噂となって広まったらしい。

やはり、そのことがいじめの大きな原因となった。

「わたしは父を恨んでおります。どうして、役目をおろそかにしたのか。どうして、侍を辞め、母やわたしを不幸にしたのか」

「おぬしは、それほど不幸なのか」

「はい。わたしには、心を許せる友もおりません。養父母は幼いわたしを可愛《かわい》がってくれましたが、前髪を落として元服したあとは、気弱で情けない性分のわたしに愛想を尽かしてしまいました。わたしは、誰からも愛されておりません。同僚からひどいいじめを受けても、誰ひとり助けてくれないのです。これ以上の不幸が、どこにありましょうか」

「ちっ」

勘兵衛は、舌打ちするしかない。

自分を不幸だとおもいこんでいることこそが、不幸なのだ。

世の中には、満足に物を食べられない連中も大勢いる。

天災に見舞われ、双親や兄弟を失った者も大勢いる。

みな、健気《けなげ》に幸福を求め、逞《たくま》しく生きている。

他人に弱音を吐いてみせる若侍など、豆腐の角に頭をぶつけて死んじまえばいいとさえおもう。

勘兵衛は、さらりと話題を変えた。

「ひとつ、聞いてもよいか」

「何でしょう」

「おめえ、粋筋の女から匂い袋を貰ったことはねえか」

「匂い袋。さあ、ありませんけど」

「それならいい。行け」

「え」

「釣りだよ」

「はあ」

おそらく、鶴岡数馬はそこにおるまい。

何者かが健吾を誘いだす口実に使ったのだと、勘兵衛は推察していた。

「このあたりは危ねえぞ。付きあってやろうか」

「いいえ。お気持ちだけ、いただいておきます。ありがとうございました」

ぺこりと頭をさげると、青剃《あおぞ》りの月代が光った。

まだ幼さの残る面立ちに、同情を抱いてしまう。

それにしても、さきほどの人影は誰だったのか。

妙なはなしだが、殺気を微塵も感じなかった。

刺客ではないのか。

「ならば、どうして」

襲った理由が、よくわからない。

少しばかりあいだをおき、勘兵衛は若侍の背中を追った。

八

予想どおり、溜池に鶴岡数馬のすがたはなかった。

犬飼健吾は汀に屈みこみ、しばらく子どものように泣いたあと、池に石を投げ、淋しげに踵を返した。

翌日は久しぶりに晴れ間がみえ、汗ばむほどの陽気となった。

四つ辻で真桑瓜《まくわうり》を売っているかとおもえば、ところてん売りが道端で子どもたちに囲まれている。

勘兵衛はいつものように日本橋を渡り、表通りを神田方面に歩いていた。

すると、大路を挟んで斜め前方から、夏の涼を売る美声が聞こえてくる。

「金魚、金魚、緋鯉《ひごい》にめだかぁ」

何気なく目を向けた瞬間、強烈な光に射貫《いぬ》かれた。

光の正体はぎやまん、硝子だ。

硝子の金魚鉢が陽光を反射させたのである。

「うっ」

勘兵衛は、金縛りにあったように固まった。

忽然《こつぜん》と、昨夜のことが脳裏を過《よ》ぎったのだ。

犬飼健吾は襲われたとき、咄嗟に提灯を翳《かざ》した。

そのとき、照らされた相手の顔のなかで、何かが光った。

光った物の正体が、はっきりとわかったのである。

「眼鏡だ」

脳裏に蘇ってきたのは、丸眼鏡を掛けた幇間だった。

まさに、天啓であるかのように、夢太郎の顔が浮かんだ。

「まいまいつむろ」

勘兵衛は近くの桟橋から小船を仕立て、深川へ向かった。

あじさいの女将に教わった場所を、じっくりおもいおこす。

夢太郎の住む裏長屋は、油堀に沿った一色町の片隅にあった。

隣の松村町と合わせて、地の者が「網打場」と呼ぶ安価な岡場所だ。

二十数軒の局《つぼね》長屋が並ぶ川沿いの一角はじめじめしており、いかにも蝸牛が住みそうなところだった。

大家に尋ねてみると、夢太郎に部屋は貸しているが、ここ数日はすがたをみていないという。

心当たりを問うと、驚くような返事が戻ってきた。

「夢太郎はことあるたびごとに、生まれ故郷に帰りたいと漏らしておりました。もしかしたら、潮来に帰ったのかも」

勘兵衛は、はっとした。

潮来といえば、犬飼健吾の生まれ故郷でもある。

これが偶然とはおもえない。

「行ってみるか」

心ノ臓が高鳴ってくる。

潮来へ行けば、ふたりの関わりがわかるかもしれない。

勘兵衛は家へ戻り、旅支度をととのえることにきめた。

九

潮来は利根川沿いの湊町、江戸からみると成田山のさきにある。

成田詣でには何度か行ったが、潮来まで足を延ばしたことはなかった。

日本橋から成田街道をたどれば二十里余りだが、陸路はとらず、小網町から行徳まで船便を使う。

行徳からは利根川筋まで木下《きおろし》街道をたどり、木下からは安食《あじき》を経由して佐原へ、佐原の水郷に立ちよってあやめを愛で、まっすぐ東へ向かえば銚子岬へ達する。美味い魚を食うもよし、香取神宮を皮切りに東国三社を巡拝するもよし、文人墨客にでもなった気分で船旅を満喫したいところだが、ぐっとその気持ちを抑え、勘兵衛は夜半にいたって潮来へたどりついた。

利根川の分流、前川の岸辺にひらけた湊町には、陸奥《みちのく》諸藩の物資を備蓄する蔵屋敷が立ち並んでいる。

この町にはまた、常陸下総《しもうさ》のなかでも有数の廓《くるわ》があった。

潮風を浴びた遊女たちは総じて明るく、気性も激しいが、苦界《くがい》の辛《つら》さはどこであろうとかわらない。男女の交わす情の縺《もつ》れがさまざまな悲劇を生み、浮かばれぬ遊女のおもいを哀愁ただよう旋律にのせた船頭歌も生まれた。

「潮来出島のまこものなかで、あやめ咲くとはしおらしや。さあよいやさ、あゝよんやさ」

幇間夢太郎の歌った潮来節が、勘兵衛の口を衝《つ》いて出てくる。

疲労困憊《こんぱい》で迎えた夜はぐっすり眠り、翌朝早く、勘兵衛は船番所を訪ねた。

水戸藩の管轄下にある湊は活気に溢れ、忙しくしているのは商家の手代に毛が生えたような若い侍たちだった。

十五年前までこの番所の役人だった男のことを、いったいどうやって尋ねたらよいのか、勘兵衛はいささか戸惑った。

おもいきって、物知り顔の古株役人に聞いてみる。

ありがたいことに、役人は「たしかにおった」と言い、黴の生えた記憶を遡《さかのぼ》ってくれた。

「その方は、由利主水之介《ゆりもんどのすけ》どのですな」

「由利主水之介」

月代に小豆大の疣があったかと聞けば、役人は頷いてみせる。

まちがいない。夢太郎のことだなと、勘兵衛は確信した。

「そもそも、由利家は咎人を船で運ぶ御船手役に任じられてござってな、有り体《てい》に申せば不浄役人にござる」

なるほど、今はそうした区別も曖昧になったが、以前は船番所の役人にも序列や種別が厳然とあったらしい。咎人を運ぶ御船手は、番所のなかでは下の下の役とみなされていた。

「由利主水之介どのはたしか、抜け荷がらみで役目を辞したか、辞めさせられたかのいずれかだったと記憶してござる」

古株の役人はそう言い、奥の部屋から黄ばんだ帳面を引っぱりだしてくれた。

さっそく調べてみると、それらしき記述の仕舞いに「役目不行跡」とあった。

大雑把に言えば、不注意で抜け荷の事実を見逃してしまったがゆえに、荷船改めの役を解かれ、禄まで奪われるはめになった。首謀者の廻船問屋は斬首となり、賄賂《わいろ》を貰っていた役人は腹を切った。

じつは、腹を切ったのが、由利主水之介の上役だった。

由利は上役の不正を知り得る立場にありながら、訴えを起こさなかった。ゆえに、厳しく罰せられたのだ。

「ふむふむ、記憶が蘇ってまいったぞ」

古株の役人は同情を込めつつ、事の経緯を教えてくれた。

「由利どのは、抜け荷の恩恵を受けておらぬ。それは確かでござる。受けておれば、死罪は免れなかったであろうからな。されど、上役の不正を知っていた。知っていたにもかかわらず、黙していたのでござる。詮方あるまい。拙者も由利どのと同じ立場なら、黙っておった」

なるほど、上役の犯した罪は救いがたい。

だが、告げ口はさらにひどい。

上役を訴えれば、卑怯者の誹《そし》りを受ける。

侍としてやってはならぬ行為だと信じ、由利は沈黙を通し、甘んじて罰を受けたのだ。

「禄を失い、窮地に追いこまれ、侍も捨てねばならなくなった。少なくとも、この潮来では生活の道を失ってしまった。もはや、不運としか言いようがござりませなんだ」

そののち、由利主水之介がどうなったかは、古株の役人も知らない。

どこかの道端で野垂れ死んだ。といった程度の噂しか、聞いていないという。

ただし、市中で両替商を営む『ひたち屋』という本家はまだあった。

勘兵衛は丁重に礼を述べ、両替商のもとへ足を向けた。


そもそも、由利主水之介の父は、商家から下級武士の家に貰われた養子であった。

実家の両替商は父の長兄が継ぎ、今の三代目はそのまた長男で、主水之介の従兄《いとこ》にあたり、手堅い商いをすることで知られていた。

三代目を訪ねてみると、座敷へあげてもらえなかった。

「主水之介は、死んだものとおもっております」

開口一番、にべもなく告げられた。

予想はしていたが、勘兵衛は落胆を禁じ得ない。

もちろん、夢太郎こと由利主水之介が本家へ戻っているはずもなく、あきらめて店を離れかけたとき、後ろから懸命に追いかけてくる者があった。

「お待ちを、江戸のお役人さま」

振りむけば、老婆が喘《あえ》ぐように近づき、歯のない口で笑う。

「もし、由利主水之介さまをお訪ねかや」

「ふむ、存じておるのか」

「ああ、知っているとも。ご奉公しておったからの」

「ほんとうか、それはありがたい」

勘兵衛は水茶屋に老婆を誘い、団子と緑茶を注文した。

老婆は嬉《うれ》しそうに微笑み、団子が出されると、貪《むさぼ》るようにたいらげる。

緑茶で口をすすぎ、ごくりと呑んで落ちついたあと、ようやく、語りはじめた。

「奉公人はひとりのこらず町を出てしまいよったが、みんな、旦那さまにゃお世話になった。気性のお優しい方でな、あのことさえなけりゃ、立派にご出世なされたであろうに」

「あのこととは、十五年前の」

「そうじゃ。廻船問屋とはかって悪事をはたらいたのは、腹を切った上役じゃった。旦那さまは、とばっちりをこうむった。おかげで、奥さまは心労がたたってお亡くなりになり、五つになったばかりのぼっちゃんは、本家に預けられた。三代目はしわいお方でなあ、下働きとして雇ってもらえたのは、わしひとりだけじゃった」

勘兵衛は焦る気持ちを抑え、本家に預けられた子の名を問うた。

だ。

「健吾さまじゃ」

「やはり、そうか」

犬飼健吾は由利主水之介の一子として生まれ、いったんは本家の両替商に預けられたのだ。

勘兵衛は、幇間の夢太郎が骨抜きのどじょうを食べながら漏らした台詞を反芻《はんすう》していた。

――こんなわたしにも倅がひとりおりましてな、骨のない軟弱者ゆえ、行く末が案じられてなりません。それこそ、殻付きの蝸牛どころか、なめくじも同然、塩を振っただけで消えちまいそうで。

眸子を潤ませて語った「倅」とは、犬飼健吾のことであった。

老婆は、ずりっと茶を啜る。

「旦那さまは身代を売りはらい、去っていく奉公人たちにお金を分けあたえてくれた。そして、ご自身は身ひとつで住み慣れたお屋敷を出ておいきになった。ほれ、そこに栈橋がみえるじゃろう」

うらぶれた主水之介が潮来を離れると聞きつけ、奉公人たちはみな、桟橋へ見送りに集まった。

「耳を澄ませば聞こえてくる。小船を操る船頭が、切なげに歌っておったな……潮来出島のまこものなかで、あやめ咲くとはしおらしや。さあよいやさ、あゝよんやさ」

主水之介を乗せた船影が小さくなっても、潮来節だけはいつまでもはっきり聞こえていた。

「わしはぼっちゃんを連れて、桟橋へ向かったのじゃ。ぼっちゃんは『父上、行かないで』と泣きながら、小船を見送っておられたわい」

あまりに可哀想《かわいそう》で、奉公人たちは貰い泣きしていたという。

暮れなずむ桟橋では、いつまでも啜り泣きが聞こえていた。

「何かしてやりたくても、わしらにできることは何ひとつない。あのときは、どれだけ口惜しかったことか」

哀愁を帯びた船頭の歌声は、幼い子どもの耳から離れなかったことだろう。

やがて、健吾は本家と繋《つな》がりのある江戸定府の藩士の家に貰われていった。

たぶん、そうなることを期待して、主水之介は我が子を本家に預けたのだろうと、老婆は漏らす。

「旦那さまは健吾さまを可愛がっておられたからのう。断腸のおもいで、別れを決意なされたのじゃろう」

江戸に貰われていったあとの健吾がどうしているのか、折に触れて案じられたが、風の噂にも聞こえてこないという。

「お役人さま、もしかして、ご存じなのではないかね」

老婆は化石のように動かず、探るような眼差《まなざ》しを向ける。

勘兵衛は、にっこり笑ってやった。

「案じることはねえ。健吾さんは、立派な侍になられたよ」

「ほ、そうかい。よかった。それだけ聞けば、わしはいつ死んでもいい」

顔を皺くちゃにして笑う老婆に礼を言い、勘兵衛は尻を持ちあげた。

水茶屋のかたわらには、ひと叢のあじさいが咲いている。

花弁の色はいつのまにか、濃い青紫に変わっていた。

十

潮来から戻った勘兵衛は、門前仲町の置屋『あじさい』に足を向けた。

夢太郎といっしょに宴席にあがったふたりの芸者を訪ね、じっくりはなしを聞こうとおもったのだ。

妹芸者の花奴は稽古に行っておらず、姉芸者の美貴助だけがいた。

ここ数日は、風邪をこじらせて臥《ふ》せっていたらしい。

「あの夜の心労がたたったのでしょうよ」

女将のおこうはそう言い、忙《せわ》しなく煙管を吹かす。

奥から呼ばれた美貴助は、げっそり窶《やつ》れていた。

歳は二十四、五であろうか。

二枚起請文が通り相場の深川ではめずらしく、三味線専門の白芸者だという。

もちろん、客に請われれば酌くらいはするが、褥《しとね》をともにすることはない。

美貴助は挨拶もそこそこに、下を向いたまま、顔をあげようともしなかった。

「おみき、こちらの旦那は信用していいんだよ。何でもはなしておあげ」

「は、はい」

おこうの助け船もあって、おみきはどうにか重い口をひらいた。

何よりもまずは、夢太郎との関わりを問うと、十年来のつきあいだという。

「長えな」

「はい」

そもそも、上州の片田舎から十四で売られてきたとき、岡場所から助けだしてくれたのが「まいまいのおいちゃん」であった。

「神楽坂は赤城明神前の女郎屋で、わたし、客をとらされていたんです。そのとき、流しの門付けをやっていたおいちゃんに声を掛けられ、もっとましなところへ移してやるから従いてこいと言われました」

たどりついたさきが、深川の『あじさい』だった。

「わたしがね、この娘の身請け代を払わされたんですよ」

と、おこうは笑う。

「まいまいの旦那に拝まれてね。この娘は、かならずものになるからって。信じてまちがいはなかった。この娘は、呑みこみが早いんです。まいまいの旦那は、むかしっからひとを見る目があった。この界隈じゃ、一日置かれているんですよ」

潮来でもそうであったが、夢太郎をわるく言う者はいない。

情け深い人柄なのだろう。

おこうは言う。

「生国は利根川の潮来だって、誰かに聞いたことがあります。わたしの勘だけど、侍だったにちがいない。でも、ご自身のことを何ひとつ語らないんです。他人に知られたくない事情でもあるんでしょうよ。でも、誰だって、言いたくない過去のひとつやふたつはある。知りたくても、黙っててあげるのが礼儀ってものでしょう」

おこうも、おみきも、夢太郎の事情は知らないという。

勘兵衛は咳《せき》払いをし、おみきに向きなおった。

「近頃、どこか変わった様子はなかったかい」

「変わった様子ですか」

「ああ、妙な頼まれ事をしたとか、そういったことさ」

「そういえば、おはなちゃんが頼まれ事をされたって」

「おはなが」

横から口を挟んだおこうによれば、おはなもおみきと同じ境遇の娘で、八年前に夢太郎が『あじさい』に連れてきたのだという。

「おはなちゃんは喋りたがらないいんだけど、亡くなった水戸のお侍に関わることらしいんです」

ちょうどそこへ、おはなが戻ってきた。

「あ」

勘兵衛のすがたをみつけ、棒立ちになってしまう。

何かを恐《こわ》がっているなと察しつつ、勘兵衛は微笑んだ。

おはなは落ちつきを取りもどし、意外な台詞を漏らす。

「覚悟はしておりました」

「ん、どういうことだ」

「わたし、まいまいのおいちゃんに頼まれ、水戸のお侍たちに匂い袋を差しあげていたのです。そのことで、町奉行所のお役人さまが訪ねてくるだろうって」


「夢太郎がそう言ったのか」

「はい。知っていることはぜんぶはなすようにと、念を押されました」

「そうかい」

夢太郎は、勘兵衛が訪ねてくるのを見越していたのだ。

「匂い袋はすべて、日本橋の下村山城から購入したものです」

誰にどの品を渡すかまで、おはなは指示されていたらしい。

宴席で毒を盛られた安田市之丞には『そでのつゆ』を、松の木で首を縊った古川茂左衛門には『まつかぜ』を、小石川の川端で背中を刺された浜本治三郎には『あやめ』を、女郎屋で餅をのどに詰まらせた伊野原文五郎には『くちなし』を、夢太郎の言いつけどおり、文使いの小僧を通じて渡していた。

「匂い袋には、かならず文が添えてありました」

「読んだのか」

「いいえ、読むなと言われていたので。でも、殿方の気を惹くようなものだったとおもいます」

なるほど、おはなは化粧映えのする、何とも艶《なま》めいた面立ちをしている。

夢太郎はおはなを利用して男たちの気を惹くことをおもいつき、まんまと悪党どもをおびきよせたにちがいない。

「何のために、そのようなことをさせられたのか、よくわかりません。でも、恩のあるまいまいのおいちゃんの頼みを拒むことなど、わたしにはできませんでした」

おはなはまだ、安田を除く三人の死を知らないようだった。

教えた途端に卒倒するかもしれないので、黙っておくことにした。

夢太郎こと由利主水之介が、どうやって息子の苦境を知ったのかは定かでない。

ただ、壮絶ないじめを繰りかえす連中に制裁を与えるべく、おもいきった手段を講じたのはあきらかだ。

おはなは、勘の良い娘だった。

「わたし、安田さまのことで、おいちゃんに問うたことがあったんです。毒を盛ったのは、おいちゃんなのって」

勘兵衛は、身を乗りだした。

「夢太郎は、どうしておった」

「笑っていました。そんなわけはない。安心しろって。何だか、悲しそうに笑っていました」

　おはなは涙目になり、声を震わせる。

「安田さまがひとりで厠《かわや》へ立ったとき、おいちゃんはわたしにこっそり匂い袋を手渡しました。『これを、あの侍の袖口に落としてきてほしい』って。どうしてかなっておもって聞いたら、おいちゃんは笑いながら言いました。『目が弱いから、侍たちがみんな同じにみえる。匂いで区別するしかないんだ』って。どうして区別する必要があるのか、そのときは妙だとおもわなかった。わたし、ほんの軽い気持ちで安田さまの袖口に匂い袋を落としたんです。あのひと、お酔いになっていたから、全然気づいた様子もなかった。それから四半刻ほど経って、安田さまは血を吐かれたんです」

　おはなは動揺し、頭が真っ白になった。毒を盛られて死んだらしいと知ったのも、何日も経ってからのことだという。

「噂で聞いたのです。わたし、おいちゃんに、ほかの匂い袋も渡すようにって頼まれていたから、おかしいなって。でも、まさか、おいちゃんがそんなことをするはずはないって、今でも信じているんです。まんがいち、そうだったとしても、きっときっと、拠所《よんどころ》ない事情があったにちがいない。お役人さま、きっとそうにちがいないんです」

夢太郎を庇《かば》おうとするおはなの気持ちは、痛いほど伝わってくる。

だが、殺しは殺しだ。

もはや、疑う余地はなかった。

四人を殺したのは、夢太郎にまちがいない。

匂い袋は、暗闇でも殺す相手を取りちがえないための細工だった。

「夢太郎は今、どこにいるのかわからねえか」

「わかりません。でも、昨日の朝、最後のひとつだから頼むと、匂い袋を手渡されました。それを、組頭の鶴岡数馬さまのもとへ届けてほしいって。おいちゃんは何度も頭をさげたんです」

勘兵衛はさすがに、頬を強張らせた。

「で、その匂い袋はどうした」

「ごめんなさい。わたし、文使いの小僧さんに頼んで、文といっしょに届けてもらいました。もしかしたら、鶴岡さまに凶事が振りかかるかもしれない。心の片隅ではそうおもったのに、おいちゃんの頼みを拒むことができなかったんです……ご、ごめんなさい……わ、わたし、どうしよう」

おはなは全身を震わせ、激しく動揺しはじめた。

やったことの重大さに、あらためて気づかされたのだ。

「心配えするな。おめえは何にもわるかねえ。おめえは夢太郎から受けた恩に報いてえとおもっただけだ。匂い袋を手渡した相手がどうなろうと、おめえにゃこれっぽちも罪はねえ」

勘兵衛は労《いたわ》るように言い、おはなの肩にそっと手を置く。

固唾《かたず》を呑むおこうとおみきも、ほっと肩を撫でおろした。

おはなは口を結び、顔をもちあげた。

「匂い袋を託されたとき、夢太郎はおめえに何か言ったか」

「明日の夕刻までには渡してほしいって、そう言いました」

「明日ってな、今日のことだな」

「はい。でも、できないかもしれないから、昨日のうちに渡そうとおもって」

「渡したんだな」

「はい」

勘兵衛の目が、きらりと光った。

鶴岡を呼びだすのは、今夜にちがいない。

肝心なのは、夢太郎が引導を渡す場所だ。

いったい、どこへ呼びだすつもりなのか。

それがわからないかぎり、動きようがない。

おはなが、さり気なく漏らす。

「そういえば、まいまいのおいちゃん。もし、お役人さまに聞かれたら、匂い袋の品名を教えてあげなって言いました」

「ん、教えてくれ」

「しのぶがわ。それが匂い袋の品名です」

上野の不忍池《しのばずのいけ》を源流とする忍川のことだろうか。

忍川の流れるさきは三味線堀、太公望の集まる釣りの名所だ。

「そうか」

犬飼健吾によれば、鶴岡数馬は三度の飯よりも釣りが好きだった。

品名の「しのぶがわ」は、呼びだそうとする場所のことなのだ。

おそらく、三味線堀へ導こうとしているのだろう。

夢太郎は、おはなの口を借りて、みずからの所在を明かそうとしている。

おおかた、罪を贖いたい気持ちがはたらいたのだろうと、勘兵衛はおもった。

「お役人さま、まいまいのおいちゃんを捕まえにいかれるのですか」

おはなが、しがみつかんばかりに問うてくる。

「そうさな」

勘兵衛にしても、夢太郎に縄を打ちたくはない。

だが、十手持ちならば、見過ごすわけにはいかなかった。

十一

勘兵衛は水戸藩邸へ向かい、番方の役目に就く犬飼健吾を呼んでもらった。

上役の鶴岡数馬が夜釣りに向かうとすれば、忍川のどのあたりか聞いておこうとおもったのだ。

おもったとおり、それは三味線堀の一角だった。

健吾を連れていくべきかどうか迷ったすえ、勘兵衛はやめておくことにした。

殺しの場面に遭遇させてしまったら、悔やんでも悔やみきれないだろう。そう、考えたからだ。

夕方から、冷たいものが落ちてきた。

薄暗い三味線堀に人影はみあたらず、水面を叩く雨音だけがやけに大きく聞こえている。

勘兵衛のかたわらには、鯉四郎が控えていた。

銀次は堀を巡り、鶴岡数馬のすがたをさがしている。

「義父上《ちちうえ》。夢太郎は、いや、由利主水之介は、おもいを遂げるつもりでしょうか」

「無論、そのつもりだろうな」

だが、良心の呵責は確実にある。

たとい、殺したいほど憎んでいる相手でも、一線を越えるのは容易でない。

殺しは人の道に外れたことだとわかっているからこそ、名状しがたい苦悩を抱えているのだ。

が、夢太郎には人の道に外れてでも、守らねばならないものがあった。

自分の身はどうなろうとかまわない。世の中でたったひとりの血を分けた子を守るためならば、一線を越えてもいい。そう考え、ここまで突きすすんできてしまったのだ。

「おはなに匂い袋を渡させたのは、目のことだけが理由なのでしょうか」

「おめえは、どうおもう」

「わたしは、わざと手懸かりを残していったとしかおもえません」

「ふむ」

鯉四郎の指摘するとおりだろう。

夢太郎は罪の重さに耐えかね、罪を贖いたいがために証拠を残した。

桐畑で健吾を襲ったのも、我が子へ疑いの目を向けさせず、殺しの下手人はほかにいることを教えるためだった。勘兵衛の動きを見通したうえで、着々と事をすすめてきたのだ。

そして、すべてをやり遂げたあかつきには、縄を打ってほしいと願っている。

「みつけたら、どうなされます」

鯉四郎は、ぎろっと目を剝《む》いた。

勘兵衛は迷いもせず、さらりと受けながす。

「殺《や》らせやしねえ。たとい、相手が生きている価値のねえ野郎でも、人殺しを見逃したとあっちゃ、十手を預かることはできねえ」

「さようですか」

鯉四郎の口調は、何やら不満げだ。

そこへ、銀次が戻ってきた。

「おりやした。鶴岡数馬にまちがいありやせん」

「陸釣りか」

「へい。ひとりで木陰に座り、釣り糸を垂れておりやす」

勘兵衛と鯉四郎は、肩を並べて歩きだした。

五人目の仇《かたき》が渡された匂い袋は『しのぶがわ』だ。

今までの遣り口から推せば、溺死《できし》にみせかけるつもりなのではあるまいか。

もはや、みせかける必要もないのに、一分の隙もなく企《くわだ》てをやり遂げてみせる気なのだろう。

となれば、小船に乗せて水面へ漕《こ》ぎだしたほうがやりやすい。

そんなことを考えながら、銀次に導かれていく。

たどりついてみると、木陰に人影はなかった。

「あれ、いねえ」

銀次は焦った。

木の股に挟まった釣り竿だけが、大きく揺れている。

「お、引いてやがる」

水飛沫《しぶき》とともに、野鯉が跳ねた。

針に食いつき、暴れているのだ。

水飛沫の向こうを透かしみれば、一艘《そう》の小船が水脈《みお》を曳《ひ》いている。

「あれだ」

薄暗くてわかりづらいが、人影はふたつあった。

「まずいぞ。船を探せ」

少し離れた汀で小船を調達し、三人は急いで乗りこんだ。

さきに漕ぎだした小船は堀のまんなかで、浮き草のようにただよっている。

三人で必死に櫂《かい》を操り、目と鼻のさきまで近づいた。

「鯉四郎、龕灯を翳せ」

「は」

龕灯の光が投げかけられる。

小船の艫《とも》が、くっきり照らしだされた。

竿を握った船頭が、仁王立ちしている。

夢太郎だ。

足許に蹲《うずくま》っているのは、鶴岡数馬であろうか。

ぴくりとも、動かない。

すでに、遺体になったのだろう。

「遅かったか」

勘兵衛は吐きすてた。

心の片隅では、安堵の溜息を吐いている。

やはり、最後までやり遂げさせたかったのかもしれない。

船頭に化けた夢太郎は丸眼鏡を掛け、満足そうに頷いた。

「潮来出島のまこものなかで、あやめ咲くとはしおらしや。さあよいやさ、あゝよんやさ」

朗々と、潮来節を唸《うな》りだす。

「義父上」

縄を打つべきかどうか、鯉四郎が伺いを立ててきた。

「あたりめえだ」

怒ったように吐きすてたものの、せめて歌がひと節終わるまでは待ってやろうと、勘兵衛はおもった。

十二

夢太郎こと由利主水之介が息子の苦境を知ったのは、日頃から水戸藩藩邸内の様子をそれとなく窺っていたからだった。

役目を終え、いつも泣きながら家路をたどる息子に何度となく声を掛けようとして、おもいとどまったのだという。

「健吾には強くなってほしかった。何とか、自分の力で生きぬいてほしいとおもいました」

ところが、組頭の鶴岡数馬を筆頭に組の連中から受けた仕打ちは想像を遥かに超えるものだった。もはや、健吾ひとりの力ではどうすることもできないと見極め、熟慮したすえに、父は覚悟をきめた。

浅はかなと笑うことは容易だが、勘兵衛には子をおもう父の気持ちが痛いほど伝わってきた。

夢太郎に下された沙汰は、市中引きまわしのうえ磔《はりつけ》獄門である。

引きまわしがおこなわれたのは、捕縛から半月ほど経った早朝のことだった。

江戸の町は濃霧に覆われ、家並みも人影もすっぽり隠れてしまうほどであった。

伝馬町の牢屋敷から連れだされた罪人は、浅草橋を渡って神田川を越え、奥州路をたどって千住大橋へ向かう。大橋にいたる途中で三途《さんず》の川を渡り、土地の者に「骨《こつ》ヶ原《はら》」と呼ばれる小塚原《こづかっぱら》の刑場まで引かれていく。

そして、キの形に組んだ磔柱に縛られ、抜き身の槍《やり》で左右の腹から背中へと、斜めに刺しつらぬかれる。
それが、重罪人の運命だった。
ただし、夢太郎の素姓は伏せられた。
あくまでも、一介の幇間として処刑される。
金銭目当てで陪臣鶴岡数馬を殺めた極悪人として、磔にされるのである。
ほかの殺しとの関わりは、調べに立ちあった勘兵衛の腹にだけおさめられた。
すべてを明らかにすれば、実子の犬飼健吾も無事では済まなくなる。
夢太郎のやったことも水泡に帰すだろう。
そうさせないためには、勘兵衛がすべて呑みこんでやる必要があった。
もちろん、最初からそのつもりだった。
だが、夢太郎自身を救うことはできなかった。
本人も厳罰を望んでいる。
みずからの命と交換にする以外に、罪を贖う方法はない。
磔になることでしか、夢太郎の魂を救う道はなかった。
悲しいはなしだが、勘兵衛にもその気持ちはよくわかっている。
深い霧にもかかわらず、沿道には大勢の見物人が集まっていた。

深川の置屋『あじさい』の女将や芸者たちのすがたもある。

みな、喪服のような黒羽織を纏い、半化粧の顔だった。

女将のおこうには、真相を教えてやった。

おみきとおはなも、女将から真相を聞かされたにちがいない。

三人とも夢太郎の最期を目に焼きつけようと、この場にやってきた。

しかし、いちばん来てほしい人物は沿道にいない。

勘兵衛はさきほどから、犬飼健吾を待ちつづけていた。

健吾には真相を告げたわけではない。ただ、鶴岡数馬を殺めた男の最期を見届けに来ないかと誘ってやった。

組頭を殺めた幇間の正体を、はたして、健吾は自分で探ったのかどうか。

確信はないものの、血の繫がった父子ならば、通じあうものもあるだろう。

一抹の期待を込めて、十五年ぶりの邂逅《かいこう》を演出したつもりだった。

これ以上、悲しい邂逅はない。

だが、父と子のあいだに横たわる長い空白を埋めるには、最初で最後の機会にほかならなかった。

「やはり、来ぬか」

勘兵衛は、ほっと溜息を吐いた。

霧は晴れず、罪人のすがたもみえない。

鯉四郎も銀次も、深刻そうに黙りこんでいる。

女たちは首を伸ばし、霧の向こうを探していた。

「あ、やってきた」

おこうが発した。

後ろ手に縛られた罪人は馬に乗せられ、粛々とすすんでくる。

馬は乳色の霧に胴まで埋まり、抜き身の槍が何本も穂先を煌《きら》めかせている。

付きそう同心や小者たちのすがたはみえず、ただ、跫音《あしおと》だけが近づいてきた。

夢太郎は威風堂々と胸を張り、正面をしっかりと見据えている。

月代も髭《ひげ》も伸び放題だが、古武士のような風貌といい、落ちついた物腰といい、蝸牛のまねをしてみなを笑わせる幇間にはみえない。

「侍のようだね」

おこうが漏らすとおり、夢太郎は本懐を遂げ、侍として死んでいくのだ。

沿道の見物人たちも、静かに見送っている。

何かよほど深い事情があったにちがいないと、察しているかのようだった。

罵声《ばせい》を浴びせる者もおらず、礫《つぶて》を投げる不埒《ふらち》者もいない。
みな、夢太郎の威風に見惚《みと》れているのだ。
「まいまいのおいちゃん……う、うう」
おみきとおはなは、嗚咽《おえつ》を漏らしている。
ふたりにとって、夢太郎は命の恩人だった。
おこうは目を赤く腫らし、ふたりの肩をぎゅっと抱きしめる。
引きまわしの一行は音もなく、雲上を滑るように通りすぎた。
勘兵衛は、夢でもみているような気分だった。
「さあ、泪橋《なみだばし》までめえりやしょう」
銀次に導かれ、ぞろぞろと馬の尻を追いかける。
神田川を渡り、蔵前大路を北へすすみ、浅草を抜けて山谷堀を渡る。
小塚原まではかなり遠い道程だが、短く感じられてならなかった。
一歩すすむたびに、夢太郎は死に近づいていく。
刑場を指呼の間に置いたときには、霧もすっかり晴れていた。
彼岸とのあいだには狭い川が流れ、小さな木橋が架かっている。
死にゆく者を涙でおくる泪橋であった。

引きまわしの一行は静々と、橋へ近づいていった。
沿道はあいかわらず、大勢の見物人で埋まっている。
勘兵衛はなかばあきらめつつも、人垣に目をやった。
「あ」
銀次が小さく叫ぶ。
泪橋の手前に、若侍が正座していた。
ほかの見物人は立っているので、やけに目立つ。
おそらく、馬上からもみつけることはできよう。
「来ておったのか」
若侍は、犬飼健吾であった。
引きまわしの一行を見定めるや、地べたに両手をついてみせる。
頭をさげ、額を土に擦りつけ、石のように動かない。
勘兵衛はおもわず、駆けだした。
女たちも、必死に従いてくる。
沿道を駆けながら、勘兵衛は馬上を振りあおいだ。
夢太郎は蒼空を背に抱え、口を真一文字に結んでいた。

溢れでる感情を、必死に抑えている。

見物人たちも、異変に気づいていた。

罪人と若侍のただならぬ関わりを察し、固唾を呑んで見守っている。

引きまわしの一行は、橋の手前までやってきた。

健吾が、くいっと顔を引きあげた。

「父上」

突きぬけるような空に、凛《りん》とした声が響きわたる。

夢太郎はついに耐えきれず、滂沱《ぼうだ》と涙を溢れさせた。

と、そのとき。

沿道の端から、女の美声が聞こえてきた。

「潮来出島のまこものなかで、あやめ咲くとはしおらしや。さあよいやさ、あ、よんやさ。

花をひともと忘れてきたが、あとで咲くやらひらくやら。さあよいやさ、あ、よんやさ
……」

おこうだ。

おみきとおはなもつづき、艶やかに声を合わせる。

十五年前、父を見送った潮来の桟橋で、健吾は同じ歌を聴いていたはずだ。

やがて、沿道のひとびとも、口々に潮来節を歌いはじめた。

「……花はいろいろ四季には咲けど、主に見返える花はない。さあよいやさ、あゝよんやさ……」

歌声は波のように広がり、引きまわしの一行を此岸《しがん》へ引きとめようとする。

「……なまじなまなかはじめがなくば、かほど焦がれはせぬわいな。さあよいやさ、あゝよんやさ。逢うた夢見て笑うてさめて、あたりみまわし涙ぐむ。さあよいやさ、あゝよんやさ……」

信じられない光景だった。

馬上からは、啜り泣きが聞こえてくる。

健吾は拳を固め、必死に耐えつづけた。

父の死を、けっして無駄にはすまい。

父のおもいに報いるには、しっかり生きぬかねばならぬ。

そうした決意が鈍らぬように、じっと唇を嚙《か》んでいる。

歌も消え、一行は彼岸へ遠ざかっていった。

父の気持ちは、子に伝わったにちがいない。

これほど深くおもわれていたという事実が、軟弱な若者を強靱《きょうじん》な侍に変えていくことだろう。

長かった梅雨は明け、江戸に茹《う》だるような温気《うんき》が訪れる。

勘兵衛は、夏草の匂いを嗅いでいた。

土手の一面には、赤紫の夏薊《なつあざみ》が咲いている。

路傍に足をすすめ、すっかり葉の落ちた紫陽花の葉裏を覗《のぞ》けば、小さな蝸牛が角を出していた。

「まいまいつむろ」

夢太郎は、人を楽しませるのが無上の喜びなのだと語った。

だが、侍の魂を忘れてはいなかった。

裁かれることで、浮かばれる人生もある。

蝸牛は雄々しく角を立て、葉脈に沿って這いだした。

『うぽっぽ同心十手裁き　まいまいつむろ』二〇一〇年六月　徳間文庫

中公文庫

うぽっぽ同心《どうしん》十手《じって》裁《さば》き
まいまいつむろ

2024年11月25日　初版発行

著　者　坂《さか》岡《おか》　真《しん》

発行者　安部 順一

発行所　中央公論新社
〒100-8152　東京都千代田区大手町1-7-1
電話　販売 03-5299-1730　編集 03-5299-1890
URL https://www.chuko.co.jp/

DTP　ハンズ・ミケ
印　刷　大日本印刷
製　本　大日本印刷

Published by CHUOKORON-SHINSHA, INC.
Printed in Japan　ISBN978-4-12-207581-8 C1193

第一弾「十手綴り」シリーズ

うぽっぽ同心十手綴り

恋文ながし

藪《やぶ》雨《さめ》

第二弾「十手裁き」シリーズ

蓑《みの》虫《むし》

第三弾「終活指南」シリーズ

うぽっぽ同心終活指南（一）

臨時廻り同心の長尾勘兵衛は、還暦の今も江戸市中を歩きまわっていた。同年配の同心たちはほとんど隠居したが“うぽっぽ”は変わらない。勘兵衛は、十数年前に島送りとなった男の帰りを娘に伝えるか逡巡していた。そのとき偶さか居合わせた若い侍から身の潔白を訴えられて……。傑作捕物帳シリーズ新章！　〈解説〉細谷正充

夫婦《めおと》小僧

阿漕な商人だけを狙って金を盗み、貧乏長屋にばらまいていた盗人の夫婦。二十年前、長尾勘兵衛に罪を見逃してもらった恩義を忘れず、盆と正月に必ず挨拶にやってきていた。しかし今年は妙な伝言を残し、消えてしまった。とんでもねえ連中の尻尾を摑んだ――と。還暦を迎えた“うぽっぽ”が悪をくじく、傑作捕物帳シリーズ新章第二弾。